生贄の花嫁

～鬼の総領様と身代わり婚～

硝子町玻璃 Hari Garasumachi

アルファポリス文庫

https://www.alphapolis.co.jp/

序章　春の夜

まだ肌寒い春の夜。一人の女性が月明かりの下を走り続けていた。

「はぁっ、はぁっ……」

寝間着代わりの浴衣は裾の部分が土埃で汚れ、砂利道を駆けてきた白い足裏は傷つき、赤く滲んでいる。

そして、背中には深い刀傷が刻まれていた。そこから流れ出した鮮血が、地面に点々と赤い痕を残していく。

痛みと疲労で呼吸が乱れ、全身は鉛のように重い。血を流しすぎたのか、目も霞み始めていた。

けれど、今ここで立ち止まるわけにはいかない。夫や使用人たちは一人残らず斬り殺された。屋敷も紅蓮の炎に飲みこまれた。

もう自分たちしか残っていないのだ。

「大丈夫……大丈夫だからね……」

大事に抱えた赤子に優しく笑いかけると、きゃっきゃと無邪気な笑い声が返ってくる。

まだ生まれたばかりの大切な娘。この子は、この子だけは何としてでも――

「あぐっ」

だが、体はとうとう限界を迎えた。

全身から力が抜けて、その場に倒れこんでしまう。我が子を押し潰してしまわないよう咄嗟に体を捻って横に倒れたものの、指一本動かすことすらままならない。

「お願い、動いて……っ」

彼らに追いつかれてしまう。殺されてしまう。

目に涙を浮かべ、必死に起き上がろうとしていた時だった。

「……お前さん、いったい何があったのだ？」

音もなく突如現れた初老の男性に体を抱き起こされる。

人間ではないことは、気配ですぐにわかった。おそらく血の臭いを察知して、様子を見に来たのだろう。

自分たちを襲った者たちとは違って、男性は優しい目をしていた。

……この人だったら。

一縷の望みをかけて、ゆっくりと口を開く。

「お、お願い……いたします……この子を、私の娘をどこか安全な場所へ逃がしてください……っ」

「何を言っておるのだ。お前さんも一緒に――」

「いいえ……私まで抱えて逃げれば、いずれ彼らに追いつかれてしまう」

男性の言葉を遮って告げる。

「彼ら？　そう言えば、先ほどから感じるこの気配は奴らの……いや待て。だとすれば、あなた様はまさか……」

「……それに私は、もう助かりません」

自らの死期を告げると、男性は苦い表情で赤子をそっと抱き上げた。

赤子は見知らぬ男性をきょとんと見上げていたが、やがて怯えたように泣きはじめる。突然母親から引き離されたのだ、無理もない。

その泣き声を聞き下唇を噛み締めるが、取り繕うように穏やかに微笑んだ。

「さあ、早く行ってください。時間がありません……」

「……承知いたしました。あなた様のご息女は、この私が必ずやお守りいたします」

男性は深々と頭を下げて立ち上がると、赤子を抱いたまま地面を蹴って夜空へ向かって跳躍した。

我が子の声が遠ざかっていく。唇を震わせながら深く息を吐くと、こらえていた涙作った。

そう願いながら静かに瞼を閉じる。流した涙が頬を伝い、地面に小さな染みを
せめて、あの子の未来が明るく温かなものでありますように。

「ごめんね、側にいてあげられなくて……」

が目尻からこぼれ落ちた。


それから程なくして、黒衣に身を包んだ数人の男たちがその場に現れた。

「見つけたぞ、あそこで倒れている女だ」

月明かりに照らされた紅梅の木。彼らはその傍らで横たわる女性に駆け寄ると、口元に手を添えて呼吸を確かめた。

「死んでいるようだな。ふん、手こずらせおって」

男の一人がそう毒づいた直後、さっと顔色を変えた。

「……待て、赤子はどうした」

「屋敷に残して、一人で逃げてきたのではないか？」

仲間の言葉に、「いや」と首を横に振る。

「この女が赤子を抱きかかえて、屋敷から出るところを見たのだ。くそっ、どこに隠した⁉」

まだ生きていれば、痛めつけて白状させることも出来たというのに。目の前の死体を睨みつけ、ぎりりと歯噛みする。

「どこかに匿われている可能性が高い！　何としても赤子を捜し出すぞ！」

闇の中、怒りと焦りのこもった叫び声が響き渡り、男たちが散り散りに駆け出す。

その場に残されたのは、冷たくなった女性の亡骸と、それを見守る梅の木だけだった。

第一章　二人の少女

食事の用意など、使用人たちに任せておけばよいのだ。まったく、姉上は人が良すぎる。

随分前に雅にそう言われたことがある。彼女なりに気遣ってくれたのだろう。

「別に辛いと思ったことはないし、私に出来るのはこれくらいだもの。それに、お料理って楽しいよ」

「私にはよくわからん。料理など面倒臭いだけではないか」

雅は呆れたように答えた。

「雅は私の作ったご飯、食べたくない？」

「……食べたいに決まっているではないか！」

少し考えこんで力強く言った妹に、霞はくすくす笑った。

東条家の朝は早い。

空が白み始めた頃、霞はエプロンの紐を結びながらパタパタと一階へ降りる。厨房ではすでに使用人たちが朝食の準備を進めていた。

「おはようございます」

霞が挨拶すると、使用人たちも支度をしながら「おはようございます」と笑顔で会釈をした。

「霞お嬢様。出汁巻き卵をお任せしてもよろしいですか？」

「はい。わかりました」

早速冷蔵庫から卵を取り出して、ステンレスのボウルに割り入れた。冷ました出汁を分けてもらい、調味料を加えた卵液と混ぜ合わせる。

ざるで濾して滑らかにしたら、油を引いた卵焼き器に流しこむ。ここからはスピード勝負。卵液が固まり始めたらくるくると折り畳み、端に寄せてまた少量。それを繰り返すと、ふっくらとした出汁巻き卵の出来上がりだ。

綺麗に焼き上がったそれを皿に盛りつけると、使用人が他の料理とともにダイニングテーブルに並べていく。その間に霞は、水を入れた湯飲みと茶碗一杯のご飯を盆に載せて、居間の奥にある部屋へ向かった。

襖を開けて、南側に置かれた仏壇に水とご飯を供える。

「おはようございます、おじい様」

目を閉じて両手を合わせる。瞼を開けて鴨居を見上げると、祖父の遺影と目が合う。

すっくと立ち上がって居間に戻ると、ダイニングテーブルにはすでに両親がついていた。

「おはようございます。お父様、お母様」

霞は体の前で手を重ねてお辞儀する。

「ああ、おはよう」

父の慎太郎がにこやかに返し、霞も早くお座りと手招きをする。一方、母の薫は霞と目を合わせることなく「おはよう」と抑揚のない形ばかりの挨拶をした。

いつものことである。そして、慌ただしく階段を駆け下りる音。

「遅れる、遅れる！」

切羽つまった表情でパジャマ姿のまま居間に飛びこんできたのは、妹の雅だ。これもいつものことである。

「おっ。今朝は姉上の出汁巻き卵があるではないか！」

目を輝かせながら、雅は嬉々として席についた。それに続いて霞も着席する。

「いただきます」

慎太郎のかけ声を合図に、三人も箸を手にとって食事を始める。

「うむ！　やはりこの出汁巻き卵が一番じゃ。何度食べても飽きぬ！」

「ありがと。じゃあ雅に一切れあげるね」

「ほんとか？　では代わりに、ほうれん草のおひたしを姉上にあげよう」

そう言って自分の皿からおひたしを移そうとする雅を、慎太郎がたしなめる。

「こら雅。調子のいいことを言うんじゃない。好き嫌いはよくないぞ」

「う……言われなくともわかっておる」

「まったくお前は……まあ確かに、霞の作るものはどれも美味しいからな。なぁ？」

慎太郎に褒められて、霞は控えめにはにかんだ。

期待するように薫をチラリと見るが、彼女は澄ました表情で味噌汁を啜(すす)るだけで、会話に加わろうとしない。これもまた、いつものこと。

「姉上、時間がないぞ。早く髪を結わえてくれぬか」

「ちょっと待って。先に後片づけをしてから……」

「遅れると言っているではないか！」

食器に伸ばしかけた手を雅に掴まれ、二階に引っ張っていかれる。

制服に着替え、鏡の前に座った妹の髪を櫛(くし)で梳(と)かす。

「今日はこのリボンじゃ」

「はいはい」

雅から手渡された真っ赤なリボンで、左右の髪を耳より高い位置に結い上げた。

雅は首を軽く横に振って鏡で確認する。

「よし、いい感じじゃ」

そう言って満足げに頷くと、鞄を持って一階へ下りていく。その後を追い、霞も玄関を開けると黒い高級車が待機していた。

「おはようございます。雅お嬢様、霞お嬢様」

白髪の運転手は二人に恭しく頭を下げると、後部座席のドアを開けた。

「何じゃ、まだくたばらぬのか。まあ元気そうで何よりじゃ」

「藤木さんおはようございます。今日もよろしくお願いします」

二人が乗りこむと、車は緩やかに発進した。

目的地である二人が通う私立の女子学院は、都内でも屈指の名門校である。各学年十クラスあり、同じ敷地に初等科と中等科の校舎もあるエスカレーター式のマンモス校だ。

部活動も存在するが入部している生徒は稀で、ほとんどの生徒は寄り道せず、迎えに来た車で帰宅している。

今年入学したばかりの雅は一年生。二つ歳上の霞は三年生だ。

暫く走り学校が近づいてくると、後部座席に女生徒を乗せた高級車が列をなし、軽い渋滞が発生した。お嬢様学校と言われるだけあり、徒歩や交通機関を使って通学している生徒はあまり見かけない。

「モタモタするな、藤木！　間に合わなくなるぞ、前の車を追い越さぬか！」

雅が身を乗り出しながら、焦れったそうに叫んだ。

「大丈夫です。いつも通りの時間でございますよ」

「遅刻したらクビじゃぞ！」

「承知いたしております」

藤木がバックミラーを見ながら目を細めると、雅はそっぽを向いて唇を尖らせる。

そして、信号待ちしている隣の車に向かってシャーッと意味もなく威嚇(いかく)した。すると、乗っていた女生徒がビクッと肩を跳ね上げた。

それに気づいた霞が妹をたしなめる。

「やめなよ、雅。私と同じクラスの子だよ！」

「ふん、だからなんじゃ」

二人のやり取りを聞いていた藤木は、ミラー越しに雅を見つめる。

「雅お嬢様。あまり霞お嬢様を困らせてはいけませんよ」

「私に指図するな、老いぼれめ！」

「そうでございましたね。さあ、そろそろ学校が見えてまいりますよ」

交差点を右折すると、遠くに一際大きな建物が見えてきた。他の車も一様に正門へ向かっていく。

「藤木、帰りも遅れるでないぞ。ほれ、姉上も行くぞ」

「うん。行ってきます、藤木さん」

藤木は、他の生徒に紛れて校舎へ走っていく姉妹を、見えなくなるまで見送っていた。


いつも通りの下校時間。二人が正門に向かうと、藤木の姿があった。

「待たせたな。担任の話が長くての」

「おかえりなさいませ。お二人とも今日はいかがでしたか？」

「いつもと変わらぬ。なぁ、姉上」

雅に話を振られ、霞も頷く。

「うん。藤木さんもご苦労様です」

藤木は「そうでございますか」と言いながら、後部座席のドアを開けた。

「さあ、帰りましょう」

そう促されて、二人は車に乗りこんだ。

車が走り出して少し経った頃。

「……どうした藤木、具合でも悪いのか？」

雅がミラー越しに藤木の様子を窺うように問いかける。

「……いえ。私はいつも通りでございますよ」

「そうか？　ならばよいのだが……」

車内が沈黙に包まれる。霞が隣に視線を向けると、雅はじっと藤木を見つめていた。昔から勘の鋭い妹だ、何かを察したのだろう。妙な胸騒ぎを覚え、霞は無意識に膝の上に置いた手を組んだ。

屋敷に着くと、使用人がなぜか小走りで車に駆け寄ってくる。普段はこうして出迎えることなどないのに。

霞と雅は顔を見合わせた。

「あの……何かあったんですか？」

車から降りながら霞が尋ねる。

「おかえりなさいませ、霞お嬢様、雅お嬢様。旦那様のご指示により、お帰りになるのをお待ちしておりました。お客様がお待ちですので、客間のほうにお急ぎください」

「そうか、挨拶をすればよいのだな。面倒だが行くぞ、姉上」

雅が霞の腕を取って屋敷に入ろうとすると、使用人が慌てて呼び止める。

「そ、それが雅お嬢様だけでよいとのお話です」

その言葉に雅は訝（いぶか）しげに眉をひそめた。

それならと一人部屋に戻ろうとする霞だが、何やら使用人たちの様子がおかしい。おそらく客人が関係しているのだろう、雅だけ客間に呼ばれたことも気になる。

自室に戻りふと窓の外を見ると、先ほどはバタバタしていて気づかなかったが、見知らぬ高級車が数台停まっていた。その周囲には黒ずくめの男たちの姿もある。

まるで見張られているようで居心地が悪い。

彼らから目を離せずにいると、客人らしき男が車に向かうのが見えた。

それを見送る両親と雅の姿も。車に乗りこんでいく客人に、三人が深々とお辞儀をするのを、霞は複雑な思いで眺めた。

車が走り去った後、三人が家の中に入るのを見届けてから、急いで階段を駆け下りる。居間に向かっていると、薫の啜り泣く声が聞こえてきた。

部屋の前には、使用人たちが集まっている。

「霞お嬢様……」

そのうちの一人が霞に気づき、他の使用人に目配せをしてその場を離れる。

霞が恐る恐る中に入ると、慎太郎は険しい表情で腕を組み、薫はハンカチで目元を抑えながら、嗚咽を漏らしていた。

通夜のような重苦しい雰囲気に、霞は暫し立ち尽くす。これほど悲嘆に暮れる両親を目にするのは初めてだった。

「おお、姉上。今晩の献立は何だ？」

一方、雅は何事もなかったかのように涼しい表情で、茶請けのクッキーをかじっていた。そのあっけらかんとした物言いに、慎太郎が大きく溜め息をつき、薫が声を上げて泣き崩れる。

「雅……何をしたの？」

「人聞きの悪いことを言うな。もっとも、二人が悲しむのも無理はないがな」

まったく状況が飲みこめず、視線を泳がせていると。

「よく聞いてくれ、霞。雅が嫁ぐことになった」

慎太郎が暗い表情のまま口を開いた。

「えっ？」

豆鉄砲を食らった鳩のような顔で呆然としていると、雅は声高らかに笑う。

「めでたい話じゃ、ワハハハハ！」

「笑い事じゃないでしょ！　どうしてこんなことに……」

薫は勢いよく顔を上げて雅を叱りつけると、力なく項垂（うなだ）れてしまった。

「あ、相手は？　相手はどなたなんですか？」

霞の問いに答えたのは慎太郎だった。

「鬼灯（きとう）家の次期当主、鬼灯蓮（れん）だ」

「鬼灯……蓮……」

この世には、人ならざる者たちが存在する。

いや、むしろ現代では純血の人間のほうが少ない。多くの者は何らかの『あやかし』の血を引いており、かくいう東條家も猫又族の末裔（まつえい）である。

その頂点に君臨しているのが鬼族だ。

鬼族はあらゆるものを焼き尽くすとされる火のあやかしであり、古（いにしえ）の時代から朝廷に潜りこんで政治をコントロールしてきた。現在も鬼族の政治家や企業のトップなどが多く存在し、絶大な権力を誇っている。

そして、その鬼族を統べる者こそが、鬼灯家である。約三十社を傘下に置いている大手IT企業グループのトップで、国内のみならず海外進出も果たしており、順調に業績を伸ばしていると聞く。

一方猫又族は念動力を操り、賢猫とも呼ばれている聡明な一族で、近年勢力を強めていた。現に、慎太郎は大手企業の社長という肩書きを持つ。

「縁談とは聞こえがいいが、要するに雅を人質に差し出せということだ」

猫又族の関連会社が成長を続けていることに目をつけた鬼族が、東條家を傘下に収めようと画策しているのだろう。

「おそらく、自分たちのほうが格上であるとわからせたいのだろうな。こちらに拒否権などない……」

東條家とはすべての次元が違いすぎる。もし両親がこの縁談を断れば、我が家などあっという間に取り潰されてしまうに違いない。

「で、でも雅はまだ十六歳ですよ⁉　鬼族と言えば、警察ですら手が出せない蛮族と囁かれているではないですか⁉　そんなところに雅が嫁いだら、どんな目に遭うか……！」

あまりに理不尽な要求だ。納得のいかない霞は語気を強めて慎太郎につめ寄った。

「向こうが言うには、婚姻は雅が十八歳になり次第結ぶとのことだ。それまでの二年間は、許嫁として作法を学ばせたいと言ってきた」

……作法？　霞は雅に視線を向けた。

「その日は何じゃ」

雅はソファーの上で胡座を掻き、肘かけに頬杖をついてとふんっと鼻を鳴らす。その姿を見て、霞は別の不安が脳裏をよぎる。

「……もうおしまいよ」

薫は両手で顔を覆い、絶望的な声を漏らした。

それから数日後の、ある晩のこと。

「姉上、少しよいか?」

雅が霞の部屋のドアを、いつもより少し控えめにノックする。

「こんな時間にどうしたの？」

霞が尋ねながら中に招き入れると、雅はベッドの上に寝転んで天井を仰いだ。

「私は不安なんじゃ。とは言え、鬼灯家に嫁ぐことは何とも思っておらぬ。心配なのは、姉上のことじゃ。姉上は人が良すぎるからの」

「私は大丈夫だよ」

霞はベッドの縁に腰かけると、妹の頭を優しく撫でる。

「大丈夫ではないから言っておるのじゃ。母上はあいかわらずあの通りじゃからの。……のぅ、姉上。たとえ血の繋がりがなくとも、姉上が私の姉上であることに変わりはない」

「ありがとう。あなたも私にとってたった一人の大事な妹だよ」

「そりゃそうじゃろ」

雅が誇らしげに言う。

それにしても雅が結婚かぁ。数日経った今でも、霞は実感出来ずにいた。

昔から破天荒(はてんこう)な妹だった。

ある時は勉強が嫌で木に登り、家庭教師が帰るまで下りないと駄々をこね、またある時は授業を堂々と抜け出し、木の上で日向ぼっこをしていた。学園では創立以来の問題児と言われ、教師たちからは『怪獣』と恐れられている。

そんな異名を持つ妹だが、優しい心の持ち主であることを霞は知っていた。

幼い頃、薫が大事にしていたアンティークのティーカップを霞が誤って割ってしまったことがある。

霞に対して当たりの強い薫は、罰として蔵に閉じこめた。

それを見かねた雅が蔵の錠を開けて霞を助け出してくれたのだ。その後、薫に雷を落とされてしまったが、本人はどこ吹く風だった。

高校生になった今でも、霞は当時のことをずっと覚えている。

昔から薫は霞にだけすげない態度を取り、叱ることも多かったが、雅はいつもそんな母から姉を守ってくれたのだ。

「そういえば」

雅が上体を起こし、思い出したように言う。

「もう二人であの梅の木を見に行くことは出来ないかもしれんのぅ」

屋敷から少し離れたところに、ぽつんと佇む小さな梅の木がある。数年前に亡くなった祖父の伝次郎（でんじろう）は毎年春になると、決まった日に二人を連れてその場所を訪れていた。

「しょうがないよ。でも春になったら、私一人でも行くよ?」

霞は妹の顔を覗きこんで、笑顔で言った。

「そうしてくれ、じい様も喜ぶ。……しかしじい様は、あの木のことを私たちに何も教えず、ぽっくり逝ったのぅ」

寒空の下で咲く紅梅。それを見上げる祖父の横顔はどこか寂しげで、幼い二人は声をかけることも出来ずにいた。そして空が茜色に染まり始めた頃、「そろそろ帰ろう」と二人の手を取り、屋敷へ帰ってくるのだった。

「覚えてる? 最初は私だけが連れていってもらってたんだよ。そうしたら、雅が私も連れていけって聞かなくて」

「当たり前じゃ。二人だけの秘密なんぞ、おもしろくないからの。じゃが、ただ行って帰ってくるだけとは……じい様は何がしたかったんじゃろうな」

祖父との思い出を懐かしみながら、雅が再び天井を仰ぐと、霞も同じ方向を見上げた。

「そうだね。でも、きっと何か特別な意味があったんだよ」

「どうじゃろな。最後のほうは少しばかりボケておったからのぅ」

「でも優しかった」

霞がそう言うと、雅は何も言い返さずにほんの少し頬を緩めた。

　そして数日後、いよいよ鬼灯家へ旅立つ日がやってきた。

　玄関の前では、両親や霞だけではなく、使用人たちも全員正装して、雅を見送ることになっていた。

「雅……」

　娘の嫁入り。本来なら喜ぶべき晴れの門出だというのに、慎太郎は沈痛の面持ちで娘を見つめていた。

「雅お嬢様……お労しや……」

　薫と使用人たちもさめざめと涙を流している。そんな中、霞だけは笑顔で送り出そうと、拳を握り締めて懸命に涙をこらえていた。

「お前たち湿っぽいのぅ。姉上のように、にこやかに出来んのか」

　この日のためにあつらえた桃色の振袖に身を包んだ雅は、腕を組みながら使用人たちを見回した。

「でも、雅お嬢様があまりにもお可哀想で……」

「何を言うか。私がいなくなることを、内心喜んでいるのではないか？」

「それはまあ、そうに決まっているじゃありませんか。雅お嬢様に庭を荒らされることも、つまみ食いで料理が足りなくなるということも、屋根裏を走り回って天井板を壊されることもなくなりますし。いいこと尽くめなわけです」

「正直な奴らめ。……お前たちには随分と世話になったな。姉上のことをよろしく頼むぞ」

素直に首を縦に振る使用人たちに、雅は軽く頭を下げた。そして顔を上げると、少し離れた場所に立っていた両親へ歩み寄る。

「父上、十六年間お世話になりました。東條家の娘として、しっかり務めを果たしてまいります。母上、私のことは心配いらぬ。そう袖を濡らさずに笑顔で見送ってくだされ」

「雅……このようなことになって本当にすまない」

慎太郎は娘を守れなかった自分の不甲斐なさを噛み締めながら、雅に頭を下げた。

「もし耐えきれなくなったら、いつでも戻ってくるのよ」

薫は雅の両手を握り締め、懇願するように言い聞かせた。

「わかりましたぞ、母上」

薫の手を優しく振りほどき、雅が霞に向き合う。

「……その着物よく似合ってるね」

何か言わないと。けれど霞の口から出たのは、ありきたりな言葉だった。

「馬子(まご)にも衣装じゃな。ガハハ！」

雅は高笑いすると、ふぅと息をついて静かに語り始めた。

「まさかこんなに早く嫁のもらい手がつくとは思わなかった。そのせいで姉上とも離ればなれじゃ。まったく、世の中何が起こるかわからぬ……」

「鬼灯家の皆様にご迷惑をかけちゃダメだよ、雅」

いつになくしんみりした様子の妹に、霞が冗談混じりに言う。

その時、使用人の一人が「まもなく鬼灯家の方々がお見えになる時間でございます」と、表に出るように促した。

それを聞いた雅が諦めたような声で呟く。

「それでは姉上、達者でな」

雅は袖を大きく翻（ひるがえ）し、颯爽（さっそう）と歩き出す。その凛とした振る舞いを見て、両親や使用人たちも目元を拭って後に続く。

しかし、霞だけはその場から動けずにいた。

行かなければならないのに、まるで足から根が生えたかのように一歩も踏み出せない。視界が滲（にじ）み、徐々に遠ざかっていく妹の後ろ姿がぼやけて見える。

ああ、あの子が行ってしまう。もう二度と会えないかもしれない。

あの子に何一つしてあげられなかったのに。

「待って、雅……！」

弾かれたように雅のもとへ駆け寄る。

突然走り出した霞に一同は驚き立ち止まった。

雅は振り返ると、不思議そうに目を瞬かせる。

「どうしたのじゃ、姉上。そんなに急いで……」

「あのね、雅。あのね……」

呼吸を整えながら、霞は胸元で手をぎゅっと握り締める。そして、ほんの少しだけ残っていた迷いを振り払うように頭を大きく横に振った。

「私が雅の代わりに鬼灯家に行く。私がお嫁に行くよ！」

「は？　な、何を言っておるのじゃ……」

ますます意味がわからないといった様子の雅の両手を取り、霞は言う。

「だからね、雅は行かなくていいの！」

「急に何を言い出すんだ、霞！」

「聞いてください、お父様！」

困惑する慎太郎に向かって、霞は声を張り上げた。

「本来は東條家の長女が嫁がなければならないはず。であるならば、養女であっても私が行かなくてはなりません。……今まで私はこの家で分け隔てなく大事に育てていただきました。今こそそのご恩をお返しします」

その主張を聞いた雅は姉の手を振りほどいた。

「バカなことを申すな！　私はもう挨拶を済ませておるのじゃぞ！」

「……それなら大丈夫よ」

声を荒らげる雅に、ぽつりとそう告げたのは薫だった。

「鬼灯家が求めているのはあくまで東條家の者であって、雅自身ではないわ。現にあちらのご当主は来なかったじゃない。人質になりさえすれば、きっと誰でもいいのよ」

「母上も何を言って……！」

「ねえ、霞。本当に……本当に行ってくれるのね⁉」

薫は目を輝かせて、霞に駆け寄った。

「はい。お母様、ですからどうかご安心ください」

「ほら、あなた。霞がこう言ってくれてるんだし、そうしましょうよ」

嬉々とした薫の提案に、慎太郎は眉を寄せて考えこむ。

「だ、だが、それでは霞が……霞の身にもしものことがあれば……」

「何を迷っていらっしゃるんですか！　もうじき迎えの車がやってきます。早く決断してください！」

何としてでも霞に行ってもらわなければ困る。薫は鬼気迫る表情で、夫の肩を揺さぶった。

「……わかっている」

鋭い声で急かされ、慎太郎は意を決して霞に向き合う。

「本当に……これでいいのかい？　二度と帰ってこられないかもしれないんだよ？」

「それはわかっています。大丈夫、私なら平気です」

穏やかな表情で言い切る。そして。

「今までありがとうございました」

霞は深々と頭を下げる。

慎太郎は暫し唇を引き結んでいたが、やがて重い口を開く。

「……すまない」

「待て待て！　そなたたち、私を抜きにして勝手に話を進めるでない！　姉上を一人鬼灯家に行かせることなんぞ出来るか！」

雅が牙を剥き出しにして抗議する。

「もう決まったことなの。あなたがとやかく言う資格はないのよ！　そもそもあなたは、霞が心配なだけでしょ？　嫁になるのは一人と決まっているのだから、あなたがついていくわけにはいかないの！」

「うむ……」

　薫が口早に叱りつけると、雅は黙りこんだ。しかし、その顔は落ちこんでいるというよりも、いつものように悪だくみをしている時のそれだった。

「ほお、そうか。その手があったか……嫁としてではなく、使用人としてなら行けるか？　使用人は誰も来るなと言われてなかったのぅ」

　にんまりと笑みを浮かべて呟いたものだから、薫はさらに金切り声を上げた。

「いい加減にしなさい！　使用人だってどんな危険な目に遭うのかわからないのよ！」

「だったら尚更姉上が心配じゃ！　私は何が何でも姉上についていく！　どうしてもダメというのなら、やはり私一人で鬼のもとへ嫁ぐ！」

「そんな……」

　雅が威勢よく啖呵を切ると、薫は青ざめた表情でその場にへたりこんでしまった。

「心配無用じゃ、母上。いざとなったら、姉上を連れてとっとと逃げ帰ってくるわ。ガハハ！」

　雅は豪快に笑いながら、腰を抜かしたままの母に手を差し伸べた。

「しかし先方に何と説明すればよいのか……当日に許嫁(いいなずけ)が入れ替わるなど前代未聞であろうに。果たして納得していただけるものか……」

　慎太郎が顎に手を当てて思案する。

　霞は雅の手を取り、父に向かって大きく頷いた。

「ご心配には及びません。私にいい考えがあります。おそらくあちらも納得してくださるはずです」

「とのことじゃ。もう止めても無駄じゃからな、諦めろ、父上」

二人は決意を固め、にっこりと頷き合う。

その様子を見て、慎太郎は大きく息を吐いた。

「そうか。何があっても、二人で行くつもりなのだな。……ならばもう引き留めるのはよそう。だが、雅。たとえどんなことがあろうと、霞を守るのだぞ」

「言われなくとも、そのつもりじゃ」

父の言いつけに、雅は当たり前のことを言うなとばかりに、んべっと舌を出した。

「あなた……！」

薫の縋るような眼差しに、慎太郎は首を横に振る。

「この縁談の申し出があった時、私たちは逆らうこともせず、雅を差し出すことを決めたのだ。そんな私たちに娘たちを止める資格などないだろう？」

その言葉に反論出来ず、薫は俯く。

その時、使用人が表のほうからパタパタと駆けてきた。

「お迎えの車がまいりました！」

遠くから近づいてくるエンジン音を聞きながら、二人は顔を見合わせ、表へ向かった。

「雅……！　霞……！」

薫が遠ざかっていく二人の名を呼ぶ。その呼びかけに霞は振り返って軽くお辞儀をし、雅は振り返ることなく片手をひらひらと振る。

霞と雅が表に出ると、タイミングよく黒い高級車が目の前で止まった。後部座席のドアが開き、かっちりと黒スーツを着こんだ男たちが降りてくる。そのうちの一人が、雅に会釈をした。

「東條雅様でございますね？　お迎えに上がりました」

「いかにも、私が東條雅じゃ。苦労をかけるな」

男の問いかけに、雅が物怖じせず名乗る。

傍らでその様子を眺めていた霞だったが、「ほれ」と雅に肘で脇をつつかれて、はっと頭を下げた。

「おや、あなたは……」

「雅の姉、霞でございます」

霞はそう答えて、再び頭を下げた。男は合点がいったように頷く。

「ああ。あなたが霞様でございますか。お見送りにいらしたのですね」

「あ、えっと……」

「む？　お主、当主から何も聞いておらぬのか。私の世話役として、姉上も一緒に行くことになっているのだぞ」

答えに窮している霞に代わり、雅がむっと眉を寄せて男へつめ寄る。

しかし、男の顔には困惑の色が浮かんだ。

「は……？　そのような話は初耳ですが……」

「自己紹介が遅れました、当主の慎太郎でございます」

男たちが顔を見合わせる中、悠然とした足取りでやってきたのは慎太郎だった。遠くで霞と雅の様子を見守っていたが、この状況を察して動いたらしい。

「この度は娘たちがそちらでお世話になること、まことにうれしく存じます。二人を、何卒よろしくお願いいたします」

二人を、と慎太郎は強調した。深々と腰を折ると、すかさず使用人たちも同じように首を垂れる。

当主直々の言葉に、男たちは暫し思案に暮れていたが、やがて後方に控えていた高級車に乗るようにと二人を促した。

（……とりあえず、第一関門突破！）

霞はほっと胸を撫で下ろした。

「ほれ、姉上。とっとと参ろうぞ」

余計なことを詮索される前にと、雅は後部座席に姉を押しこむと、自分もその後に続いた。そしてゆっくりと走り出す車の中で、父に歯を見せながら親指を立てた。

そうして霞と雅は、東條家を旅立つのであった。

第二章　鬼灯家の人々

「……で、どうする気じゃ」

運転手を窺いながら、雅がひそひそと耳打ちしてくる。

「どうするって何を？」

「さっき父上に言っていたじゃろ。向こうを納得させる秘策があると」

霞はそっと視線を逸らし、窓の外の景色を眺めた。

「……姉上？」

「あ、見て。雀が飛んでるよ～。可愛いね～」

「姉上、私の目を見ろ。まさかあれは出まかせじゃったのか？　違うよな？」

雅の声が僅かに震える。

だが、現実は非情である。霞は恐る恐る雅に向き直ると、神妙な面持ちで頷いた。

ごめんなさい、ノープランです。

「薄々嫌な予感はしておったんじゃ。しかしこれっぽっちも考えていないとは思わなんだ」

「だ、だって、ああでも言わないとお父様は納得してくれないと思ったんだもん……！　大丈夫だよ、向こうに着いちゃえば何とかなるよ！」

「その根拠のない自信はどっから湧いてくるんじゃ……」

「だ、大丈夫、大丈夫……大丈夫、だよね？」

雅の肩を揺さぶるが、反応がない。姉の無策ぶりに言葉を失っているようだ。

そうこうしているうちに、前方に一際大きな洋館が見えてきた。鬼灯家の使用人らしき者たちが、門扉の前でこちらの様子を窺っているのが見て取れた。

運転手の「もうすぐで屋敷に到着いたします」という声に、霞はびくりと肩を跳ね上げる。いまだに動きが止まったままの雅を余所に平静を装いながら、少し大袈裟に声を発する。

「わ、わぁっ、あれが鬼灯家なんだ。立派だね！　ほら雅、降りる準備をしないと。……って私、何も持ってこなかったんだった。あはは……」

乾いた笑いが車内に虚しく響き渡る。

そしていよいよ屋敷の門扉に差しかかろうとした時だ。突如、雅が髪をぶわりと逆立てた。

「……おい運転手、今すぐ車から降りろ！　姉上もじゃ！」

「は？　もうじき車が止まりますので、それまでお待ちください」

「待てるか、バカ！」

雅は実力行使に出た。後ろから運転手を羽交い締めにして、強引に車を停止させる。

「姉上！」

「わかった！」

勘の鋭い妹だ、何かの気配を察したのだろう。霞はすぐさまドアを開けて、外に飛び出した。雅もすぐに車外に降りて、目を白黒させている運転手を無理矢理引きずり出す。

「皆の者、車から離れよ！」

雅が短く叫ぶと、ただならぬ雰囲気を感じ取った鬼灯家の使用人たちも車から離れた。

その数秒後、火花を散らしながら、何かが飛んできた。野球ボールほどの大きさをした、赤い光の球だ。それは車の屋根をすり抜け、車内へ落ちていく。

そして耳をつんざくような爆音とともに、車が炎上した。

「え……？」

高級車が轟々と音を立てながら燃えている。

その光景を呆然と見つめる霞だが、隣では腕を組んだ雅がふんっと鼻を鳴らしていた。

「随分な出迎えじゃのぅ。まあ、殺すつもりはなかったようじゃが」

「で、出迎えって……何で私たちがこんな目に遭うの⁉」

冷静な雅に対して、霞はすっかり気が動転していた。

もしかして、身代わりの件を勘づかれたのだろうか。だがそれなら、危害を加えるのは霞一人のはずだ。本来の許嫁である雅や、自分の部下である鬼灯家の運転手まで巻きこむ必要はないのでは？

「私たちは、鬼灯家の者たちに不都合な存在ということじゃろ。そうであろう？」

雅が冷ややかな視線を向けると、使用人たちは後ろめたそうに口を噤んでいる。

どういうこと……？　この縁談は鬼灯家からの申しこみであり、東條家が傘下に入ればよしというわけではなかったのだろうか。

「よいか、姉上。この程度で驚いていたら、身が持たぬぞ」

状況が飲みこめずにいる霞の肩を軽く叩き、雅が不穏な台詞を吐く。この程度って。ここまで乗ってきた車が燃やされている時点で、大事だと思うのだが。

「これは何事ですか⁉」

爆発音を聞きつけたのか、屋敷の中から使用人たちが飛び出してくる。彼らの視線は燃え盛る車に向けられていたが、すぐに見知らぬ二人の少女へ移った。

「こちらの方々は、東條雅様とその令姉の霞様です」

そう紹介したのは、先ほど雅によって車外へ引きずり出された運転手だった。乱れた襟元を正している。

「そうですか……彼女たちが……」

意味深な呟きを漏らしたのは誰だったろうか。彼らの眼差しを居心地悪く思っていると、一人の男性が使用人を掻き分けて、霞たちに近づいてきた。

歳は三十代半ばだろうか。前髪を後ろに流しており、黒いジャケットの下に鈍色のベストを着用している。

他の使用人とは一線を画す佇まいに、霞は無意識に背筋を伸ばした。

「お初にお目にかかります。私は鬼灯家の当主、蔵之介様にお仕えしている黒田と申します。早速蔵之介様のもとへご案内したいのですが……なぜ、姉君までこちらへ？」

「え、あ、その……」

「そんなことより、とっとと連れていけ。せっかくの晴れ着に煙の臭いがつくじゃろうが」

言い淀む霞に代わって、雅がさりげなく質問をはぐらかす。

「……どうぞお入りください」

一瞬、黒田は訝しそうに眉を寄せたが、屋敷へ手を向けた。

鬼灯家の邸宅は三階建てになっており、臙脂色の屋根が目を引くクラシカルな外装だ。彩り鮮やかな花木が植えられた庭には、小さいながらも温室まで設置されている。まるでヨーロッパの洋館に迷いこんだような錯覚を覚え、霞は目を瞬かせた。

屋敷に入ると、まずは広々としたエントランスホールが霞たちを迎えた。赤い絨毯が敷かれた階段を上り切った先は三手に分かれており、黒田は迷うことなく左の道を選んだ。

「ほお。随分と探索し甲斐のある……」

「ほら、雅行くよ！」

早くも自由行動を取ろうとする妹の手を引き、霞は黒田の後を追いかける。

廊下を照らしているのは燭台を模したキャンドルライトだが、光が足りないのか、薄暗く感じる。

雅が暴走しないように手を繋いだまま、周囲を見渡しながら進んでいると、ある部屋の前で黒田が立ち止まった。

「お待たせしました、こちらが蔵之介様のお部屋になります」

黒田がドアを数回ノックして、「東條家のお嬢様方をお連れしました」と告げる。

「ご苦労。さあ、お入り」

野蛮で傲慢な鬼らしからぬ、穏やかな声だった。

「失礼します」

まず黒田が部屋に入り、雅が「いよいよボスとのご対面か」と溜め息をつきながら続く。

結局何の作戦も思いつかないまま来てしまったが、ここまで来たら出たとこ勝負だと霞も意を決して部屋に入る。

「初めまして、東條雅くん。私が鬼灯家第八十四代当主である蔵之介だ。君とこうして顔を合わせるのは初めてだね」

小綺麗に整頓された執務机についていたのは、先ほどの声に似つかわしい雰囲気の男性だった。霞たちの父、慎太郎よりも幾分歳上に見えるその人物は、虫も殺さぬような柔和な表情で挨拶を述べた。

――霞をまっすぐ見据えて。

「いえ……私は姉の霞で、雅はこちらです」

「ん？　ああ、それはすまなかった。てっきり君のほうかと……」

蔵之介が視線をずらすと、腰を当てて仁王立ちする少女の姿があった。……嫁入りに来たとは思えない態度である。

「それでは、霞くんは彼女の世話係としてついてきたのかい？」

「おっ。流石当主だけあって、話が早いのぅ」

「まあ、君たちのような例は少ないからね」

「じゃが、半分正解で半分不正解じゃ。世話役は私。許嫁になるのは、こっちじゃ」

雅が親指で霞を指すと、蔵之介が両目を見開いた。瞬きを繰り返しながら、姉妹を交互に見る。

「うちに嫁いでくるのは、雅くんのほうだったはずだが……。どういうことなのか、聞いてもいいかい？」

問いつめるような物言いでも、相手の真意を探るような聞き方でもない。柔らかな口調での問いかけに、霞はちらりと雅を見た。

「……私の妹はこの通り、我儘で自由奔放。日々、両親や使用人たちを困らせて過ごしてきました」

「姉上？」

「さらに学園でも類稀なる問題児として、先生方の手を煩わせています。とてもじゃありませんが、鬼灯家の方々の手には負えません」

「ちょっと待てぃっ！　急に何を言い出し……もがっ」

ごめん、もう少し黙ってて。抗議しようとする妹の口を手で塞ぎ、霞は何事もなかったかのように話を続ける。

「そして私は遠縁の子ではありますが、慎太郎様と薫様には大事に育ててもらったご恩があります。妹の代わりとして、立派に務めを果たしてみせます！」

「なっ……何を勝手なことを。ご自分たちの立場をわかっているのですか？」

「……ぷはっ。わかっていなかったら、こんな縁談とっくに断っておるわ」

難色を示す黒田に反論したのは、霞の手を口から引き剥がした雅だった。自らの胸に手を添えて、挑発的な笑みを浮かべる。

「第一、人質なら誰だっていいんじゃろ。仮にお前たちの狙いが私だったとしても、姉上の世話役としてこうして来ておるのだ。問題はなかろう？」

「……蔵之介様、いかがなさいますか？」

黒田が判断を仰ぐと、蔵之介は「ふむ」と自分の顎を擦った。それから程なくして、口元に緩やかな弧を描く。

「確かに問題はないな。人質が二人に増えれば、いっそう東條家の手綱を取りやすくなる」

「し、しかし蔵之介様」

「黒田、蓮を呼んで来てくれ」

「……かしこまりました」

黒田は腑に落ちない表情をしながらも、部屋を退室した。

……身代わりを了承してもらえた、と受け取っていいのだろうか。霞が判断に困っていると、蔵之介は目を細めて笑った。

「ようこそ、鬼灯家へ。私は君たちを歓迎しよう」

「あ……ありがとうございますっ！」

温かな言葉に勢いよく頭を下げる霞の隣で、雅は白けた顔でそっぽを向いた。

「これだから姉上は人が良すぎるのだ。この男、さっき人質が二人に増えたとか不穏なことを言っておったではないか」

「でも、これで一緒にいられるんだよ！　よかったね、雅！」

当主の許しを得られたのなら、もう一安心だ。張りつめていた緊張の糸が切れて、幼い子どものようにはしゃいでしまう。

「蔵之介様、蓮様をお連れしました」

数回のノックの後、ドアの向こうから黒田の声が聞こえた。

蔵之介が入るようにと促すと、ゆっくりとドアが開いて黒田とともに一人の人物が姿を見せた。

黒い着流しを身に纏った青年だった。涼やかな印象を与える切れ目の長い二重と、まっすぐに伸びた鼻筋。歩く度にさらさらと揺れる、濡れ羽色の髪。息を呑むような美形とは、まさにこのことだ。

——夜みたいな人だ。

霞は彼を一目見て、そう思った。月や星がなく、虫の音色さえも聞こえない、静かな夜の世界からやってきたかのような……

「紹介しよう、息子の蓮だ。今年で二十二歳になる」

蔵之介の声に、霞ははっと我に返り肩が小さく跳ねた。青年がこちらをじっと見つめていることに気づいて、「ひっ」と小さく悲鳴を上げる。

「蓮。そちらにいるのがお前の許嫁(いいなずけ)となる、霞くんだ」

「……霞?」

耳に心地よい低音で名前を呼ばれ、思考が止まる。

「父上、僕の許嫁(いいなずけ)は雅という方ではなかったのですか?」

「妹の身代わりとして、うちに嫁ぐそうだ。ちなみにその隣にいるのが雅くん。姉上の世話役としてついてきたらしい」

「身代わり、ですか」

端整な顔立ちに、一瞬翳(かげ)りが差した。

「今、話をしたのだけどね、気立てがよくて礼儀正しいお嬢さんだよ。不満かい?」

「いえ、そのようなことはありません」

蓮は即答して、霞の正面に立った。

「鬼灯蓮と申します。こうしてお会い出来て、とてもうれしく思います。至らぬ点も多々あるかと思いますが、何卒よろしくお願いいたします」

「………」

「何をしておるか。挨拶じゃ挨拶」

はっ！　ちょっと意識が飛んでた……！

雅にちょんちょんと脇をつつかれ、霞はようやく再起動を果たした。しかしその顔はぐつぐつと鍋で茹だる蛸のように赤い。

とどのつまり、この美しい顔立ちの許嫁に霞は一目惚れしてしまった。

「と、東條霞と申します！　ふつつか者ですが、よろしくお願いいたします！」

「妹の雅じゃ。まあ姉ともども、世話になるぞ」

直角九十度のお辞儀をする姉と、会釈をする妹。

蓮は少し間を置いて、「はい」とだけ答えた。

「では父上。仕事が立てこんでおりますので、私はそろそろ」

「ああ、急に呼び出してすまなかったな。戻っていいぞ」

蔵之介がそう言うと、蓮は部屋に入った時より速い歩調で退室した。執務室には四人と、気まずい空気だけが残る。

「……あのように素っ気ないところがある息子だが、許してやってくれないか」

蔵之介が重い口を開く。

「あれが許嫁への態度かのぅ。まったく、本人の申告通り至らぬ点ばっかじゃな。のぅ、姉上」

「うん。すごくかっこよかった……」

「こっちはこっちで、人の話を全然聞いとらんな」

雅が何かを言っている気がするが、今の霞にはよく聞こえない。だって、あの絶世の美青年が自分の許嫁なのだ。まるでドラマのような展開に、霞の思考回路はオーバーヒートを起こしていた。

蓮との対面後、霞と雅は屋敷内を黒田に案内してもらうことになった。

「屋敷の中をご案内いたします」

「一階から順番に回りましょう。まずは書庫になります」

書庫は廊下の突き当たりに位置していた。黒田がドアを開けると、古くなった紙の匂いが室外に漏れ出す。

個人宅の書庫だ。霞はこぢんまりとした一室を想像していたが、実際は学校の図書室さながらの広さと冊数を誇る空間が広がっていた。

世間で絶大な人気を博したベストセラーの本もあれば、背表紙が劣化してタイトルが読みにくくなった本も保管されている。本を持ち出したい時は、入り口付近にある冊子に日付と氏名、タイトルを記入するらしい。このやり取りも図書室のようだと霞は思った。

次に案内されたのは厨房だった。

食器や調理器具を片づける係、夕食の仕込みをする係と役割分担を決め、使用人たちがきびきびと動いている。

大人数の料理を手早く調理するためか、コンロがいくつも設置されており、壁際には銀色のボディを持つ業務用の冷蔵庫。東條家の厨房では見ることのなかった器具も揃っており、それらは霞の関心を引いた。何の料理のために、どのような使い方をするのかとじっと眺めてしまう。

「食事の用意は使用人が行います。何か召し上がりたい時は、彼らにお申しつけください」

「えっ」

「何か問題でも？」

黒田に聞かれて、霞はふるふると首を横に振った。私にも使わせてほしいなんて、言えない雰囲気だ。

そしてその後も屋敷の案内は続き、二階に上がるとある部屋の前で黒田は足を止めた。

「こちらは蓮様の執務室となります」

霞はぴくっと反応してしまう。

ずっと部屋でお仕事しているのかな……お腹、空いてるだろうな、とドアの向こうの婚約者を案じていると、黒田は再び歩き始める。

「去年、蔵之介様は社長を退任され、蓮様がお継ぎになりました。現在でも実権は会長の蔵之介様にございますが、ご存知のように蓮様もお忙しい日々を送っておられます」

ですから、と黒田は一旦言葉を区切って、霞たちのほうへ振り向いた。

「くれぐれも、蓮様の仕事の妨げとなる言動は慎むように。よろしいですね？」

「……はい」

要するに、余計なことで蓮と関わるなと言われたのだ。冷ややかな声で釘を刺され、霞は頷くことしか出来ない。

「夕食の時間までごゆっくりなさってください」

そう黒田に案内されたのは、最低限の家具しか置かれていない殺風景な部屋だった。

霞はその板張りの床の上に、ぼんやりと座っていた。

「姉上、片づけがさっぱり終わらん！　手伝って……うおっ」

隣の部屋からやってきた雅は、数歩後ずさった。西日の差す部屋の中、膝を抱える姉の姿は、若干ホラーだった。

「ど、どうしたんじゃ。もうホームシックになったのか？」

「あのね、雅。よく聞いて」

「お、おう。何じゃ」

「どうしよう……私ね、蓮様のことが好きになっちゃったの！ 鬼族なのに！ 元々雅が許嫁になるはずだったのに！」

霞は意を決して、胸の内を明かした。しかし雅の反応は至って淡泊で、「ほーん」と気の抜けた相槌を打つだけだった。

「え……びっくりしないの!?」

「いや、あの美形ぶりでは無理もないからのぅ」

「それじゃあ、まさか雅も蓮様を……！」

「言っとくが、あれは私の好みではないぞ。顔はよいが、筋肉が足りん。男はやはり筋肉じゃ！」

姉妹同士で女の闘いが勃発……と思いきや、自分の二の腕を叩いて豪語する妹に、霞はほっと胸を撫で下ろす。だが、新たな悩みが霞を襲う。

「だけど私なんかじゃ、蓮様に釣り合わないよ……。私に全然興味を持ってなかったみたいだし」

「そうじゃな。今回の縁談は、あの当主が勝手に決めたこと。息子に拒否権はないように見える」

私たちと同じで、あの人も望まぬ結婚を強いられているのだ。その無情さに霞は悲しくなった。それと同時に、一人で勝手に舞い上がっている自分が恥ずかしくなってくる。

「まあ、それならばあの男に振り向いてもらえるよう、頑張るまでじゃ」

雅は萎(しな)びた野菜のように意気消沈している姉の傍らにしゃがみこむと、そう言った。

「……振り向いてもらえるかなぁ？」

「そんなもん、やってみないとわからん。私からは何とも言えぬのぅ」

「そんな……！」

急に見放されたような気分になり、霞は落胆してしまった。

しかしそれに構わず、雅は言葉を続ける。

「何もせず、指をくわえて見ているよりマシじゃ。惚れた男をゲットしたければ、ひたすらアタックあるのみよ」

「う、うん……？」

「よいか、姉上。ああいう根暗そうな男は、案外押しに弱いんじゃ。ガンガン行ってこい」

雅に思い切り背中を叩かれ、霞は「あいたっ！」と声を上げた。だが妹の激励で、少しだけ元気が出た気がする。

そうだ。まだ出会ったばかりなのに、失恋したと落ちこんでいる場合じゃない。うだうだ考えるよりも、行動あるのみ！

「雅……私、頑張るね！」

「その意気じゃ。……だがあの男に夢中になるのはよいが、油断は禁物じゃ。いつどこで、誰が見張っているかわからぬぞ」

雅が懐からおもむろに何かを取り出す。

それは折り紙で作った手裏剣だった。そしてそれを、天井に向かって投げつける。

手裏剣がカッと音を立てて天井にぶつかったと同時、「チュッ！」とネズミのような鳴き声が聞こえた。

雅のおかげで立ち直り、ようやく荷物整理に着手していると、「夕食の支度が出来ました」と使用人が知らせに来た。彼女に案内されて雅とともに向かった大広間では、すでに鬼灯家の人々がテーブルについていた。

上座には蔵之介。

その隣には臙脂（えんじ）色の紬（つむぎ）の着物を着た女性。蔵之介の妻であり、蓮の母親である鬼灯そして、蔵之介の向かい側の席には蓮が座っている。その他にも、黒田を含めた和装の使用人が数人着席していた。本日は顔合わせも兼ねて、彼らも食事に参加するそうだ。

霞は蓮の隣、姉の世話役を自称する雅は黒田の隣席で食事をすることになった。

霞は心の準備をする間もなく想い人と隣同士になり、蓮様の隣だぁぁ……！　と脳内で絶叫していた。初恋を経験したばかりの自分には刺激が強すぎる。レストランさながらの豪華な会席料理も、緊張のせいで味がよくわからない。

一方、雅は八千流と、舌戦を繰り広げていた。

「雅さんだったかしら？　あなた、箸使いがまったくなっていないわね。ご両親からきちんとしつけてもらわなかったの？」

「うるさいぞ。ちゃんと持っているじゃろうが、ほれ」

「実家では随分と甘やかされていたようだけど、うちに来たからにはそうはいきません。みっちりしごいてあげますから、覚悟しておくように」

「お断りじゃ、鬼婆」

「鬼バっ！　……ふん。言葉を慎むことも知らないようね」

八千流は礼儀作法に厳しいようで、霞も先ほど茶碗の持ち方や、味噌汁の啜り方を注意されてしまった。薫と違って声を荒らげることはないものの、冷ややかな眼差しを向けられるとすくみ上がってしまう。

「ははは。八千流に言い返せる者がいるなんて珍しいな」

「あなた、笑い事ではありませんよ。だから猫又族を許嫁にするなんて、私は反対だったのです。姉妹揃って行儀の悪い……」

「まあまあ」

蔵之介が笑いながらとりなそうとするが、八千流は眉に皺を寄せておかずを口に運んでいる。蓮は両親の会話に混じることなく、かといって霞たちに助け船を出すこともなく、黙々と食事を続けている。

……き、気まずい。霞はまるで針のむしろに座っているような気分になる。当初の緊張感は薄れたものの、早く食事の時間が終わってほしいと祈った。

翌日。霞と雅は通学カバンを持って玄関を出た。学校には今までと同じように、車で送迎してもらえることになったのである。

車に乗りこむ直前、雅が「姉上、姉上」と呼んだ。あれを見ろ、と屋敷を指差した。ちょうど二階の一室で、誰かがカーテンを閉めるところだった。

「ちっ、ボンボンめ。手を振るぐらいしたらどうじゃ」

「あの根暗に決まっているではないか。今、こっちを見ておったぞ」

「ボンボン？」

「蓮様が……っ」

霞は弾かれたようにカーテンが閉め切られた部屋を見上げた。

雅の見間違いかもしれない。だけど、もしかしたらほんの少しだけでも興味を持ってくれたのだろうか。本当に蓮がこちらを見ていたのかもわからないけれど、霞の心は満たされた。

その日の霞は一日中浮かれていた。しかし鬼灯家に帰ってくると、わたあめのようにふわふわした気分はどこかへ吹き飛んだ。

自分の部屋に戻ろうとしていた時だ。向かい側から女性の使用人が三人歩いてきた。会釈をしようとする霞だったが、彼女たちはその場に留まり小声で立ち話を始めたのである。

「あ、あの……」

進路を塞がれてしまい、霞は立ち往生してしまう。

「そこの女ども、道を開けよ。どかぬなら、その足をねじ切って強引に押し退けるぞ」

霞の後ろからやってきた雅が、空のソーダ瓶を掌に載せながら言う。雅の目が青白く光った直後、ソーダ瓶はゆっくりと捻れ、やがて真ん中の辺りでブチッとちぎれた。

猫又族の念動力によるものだ。

「た、大変失礼しました。霞お嬢様に気づかず、つい」

使用人たちはそう弁明しながら、そそくさと霞たちの横を通りすぎていった。

「ふんっ、あれが次期当主の許嫁への態度か？」

「え？」

「姉上は鈍いのぅ。ありゃ私たちへの嫌がらせじゃ」

そうだったんだ。目を丸くする霞に、雅ははぁーと溜め息をつく。

「猫又族は、昔から何かと鬼族に見下されておるんじゃ。まったく……本来なら私があのような扱いを受けていたかと思うと、虫唾が走る。あ奴らめ、後で木に逆さ吊りにでもしてやろうか」

「まあまあ。どいてくれたからいいじゃない。ね？」

これでこの話はおしまい、と締めくくろうとする霞だが、雅は怒りが収まらないのか、鼻息を荒くしている。そして、その矛先を姉に向けた。

「姉上も姉上じゃ。そうやって甘い顔をしていると、鬼どもをますますつけ上がらせることになるぞ」

「そんなこと言われても……」

「ここでは舐められたら終わりだぞ。毅然とした態度を忘れるな。よいな？」

「う、うん……」

親しい相手以外には強く出られない霞には、難しい課題だ。

「まあ、そう深く考えなくともよい。猫は猫らしく、自由気ままにやっていればよいということじゃ！」

猫は猫らしく、自由気ままに。

その言葉を聞いて、霞ははっとした。許嫁と仲良くなりたいと思って何が悪いのか。この想いを邪魔などさせるものですか。

霞は黒田の言いつけを無視することに決めた。

まずは蓮に心を開いてもらうところからのスタートだ。長い長い道のりになるだろうが、走り出さなければ、ゴールには永遠に辿り着けない。

けれど恋愛経験が皆無の霞にとって、このマラソンは非常に不利だ。どうすれば異性を振り向かせられるのか、皆目見当もつかない。

しかし、『霞は将来いい嫁さんになるなぁ』と祖父が口癖のように言っていたのを思い出し、霞はこれだ！　と閃いた。

走るためのランニングシューズがないわけではないのだ。料理という、自他ともに認める武器がある。

まずは胃袋を掴むのだ、と決心したのだった。


東條姉妹が鬼灯家を訪れて早一週間。

八千流は起床後、手際よく身なりを整えると、読みかけの本を手に取った。

早朝の澄んだ空気を肌で感じ、小鳥たちのさえずりを聞きながら読書にふける。それが八千流の朝の習慣だった。

だが、その優雅な一時は、慌ただしくドアを叩く音によって終わりを告げる。

八千流がドアを開けると、そこには厨房の料理人たちが立っていた。皆困り切った顔をしている。

「朝から騒々しいですよ。いったいどうなさったの？」

「た、助けてください、奥様。東條家のお嬢様が……」

東條家の名前が出た途端、八千流は「またか……」と遠い目をした。

取り立てて褒めるところのないような娘が、息子の許嫁（いいなずけ）になるなんて。それだけでも不満だというのに、一緒についてきた妹はとんでもないじゃじゃ馬だった。口も態度も悪く、いくら素行を咎めてもどこ吹く風。それどころか、「鬼婆！」と歯向かってくる。この屋敷で、八千流にあのような口の利き方をするのは雅くらいだ。

あの娘、今度は何をやらかしたのやら。

「……雅さんがどうしました？　朝食のおかずでもつまみ食いしましたか？」

「あ、いえ。それが雅お嬢様ではなくて……」

料理人たちに言われるままに厨房へ向かう。するとそこには、目に優しい緑色のエプロンを身につけた少女の後ろ姿があった。

「……霞さん。あなた、何をなさっているの？」

「あ、おはようございます、八千流様！」

霞は振り向くと、八千流に向かって恭しく頭を下げた。その後ろで鍋がコンロの火にかけられている。

「おはようございます……ではなくて、ここで何をなさっているの？」

「朝食の準備のお手伝いをしておりました」

もう一度同じ質問を繰り返すと、霞はにこやかに答えた。

料理人たちの話によると、霞が突然厨房に現れて、勝手に味噌汁を作り始めたそうだ。部屋に戻るようにとやんわり促しても、「お味噌汁はお任せください！」の一点張りで、聞く耳を持とうとしない。

困り果てた料理人たちは、八千流に助けを求めたのだった。

「ちょうどお味噌汁が出来上がったところなんです。あの、よろしければ……お口に合うか、味見をしていただけませんか？」

「別に構いませんが……」

八千流は小皿を受け取り、静かに味噌汁を啜った。

……これは。

鰹節と昆布を煮出して取った出汁の旨みと、濃厚でコクのある味噌の味わい。

同じ材料を使っているはずなのに、毎朝飲んでいる味噌汁とは明らかに違う。甘みがあり、まろやかな味に仕上がっている。

「ま、まあ、悪くはありませんね」

八千流は小皿を返しながら、そう答えた。

「よかった……いつものくせでお砂糖を入れちゃったんですけど、気に入っていただけてよかったです」

「砂糖を？」

「うちのお味噌汁の隠し味なんですよ。雅も大好きで、いつもおかわりしてくれるんです」

うれしそうに語る霞に、八千流はある疑問が浮かんだ。

「あなた、ご実家ではいつも食事の支度をしていたの？」

「はい。小学生の頃から、皆さんのお手伝いをしていました。お味噌汁以外も作れます！」

「あら。でしたら、他の料理も任せてみましょうか」

八千流の言葉に、使用人たちはぎょっと目を丸くした。

「し、しかし奥様、よろしいのですか？」

「本人の気の済むようにやらせてあげなさい。どうせ言っても聞かないでしょうから」

霞をちらりと見て、冷ややかな口調で使用人たちに命じる。そして厨房を出ようとすると、「や、八千流様！」と霞が慌てて呼び止めた。

「何ですか、霞さん」

「あの……これからも、朝ごはん作りのお手伝いをさせていただいてもよろしいでしょうか？」

霞が恐る恐る尋ねると、料理人たちは「どうしましょう」と八千流に視線を向けた。

料理人の数は十分足りている。こんな娘に手伝わせる必要などない。……ないのだが、先ほどの味噌汁の味に、八千流の心は大いに揺れていた。

それにダメだと言ったところで、勝手に厨房に入ってくるだろう。ひょっとしたら、妹以上に人の話を聞かないタイプかもしれない。

「……ひとまず明日の具は茄子(なす)と豆腐にしなさい。それが条件です。ただし、学校に遅れそうな時は無理に手伝わないこと。わかりましたね？」

「はい。ありがとうございます、八千流様！」

「厨房に入るのは朝食の時だけですよ。学生は学生らしく、勉学に励みなさい」

八千流は厳しい口調で言いつけて、今度こそ厨房を後にしたのだった。

それから数日後の夕暮れ時。

「お助けください、奥様！　霞お嬢様が……」

料理人たちが八千流に助けを求めて部屋のドアを叩く。後数ページで読み終えようとしていた本を閉じて、八千流は椅子から立ち上がった。

「……今日はどうなさったの？」

何となく想像がつくが、一応聞いてみる。

「霞お嬢様が、勝手に夕飯の支度を始めてしまいまして……」

ドアを開けて尋ねると、使用人の一人が途方に暮れた様子で答えた。学校から帰宅するなり、エプロンを身につけて厨房に現れたのだという。

八千流が現場に急行すると、厨房は食欲をそそるような肉の匂いで満たされていた。

「霞さん！　あなたいったい何をして……」

「あ、八千流様！　ちょうどミートローフが焼き上がったところなんです。よろしければ、一口味見をしていただけませんか?」

霞がオーブンから何かを取り出すところだ。あれは……ケーキを焼く時に使う型だろうか。

「ミ、ミートローフ?」

聞き慣れない料理名に、八千流はきょとんと目を丸くした。

「豚の挽き肉に野菜や茹で卵を入れて、オーブンで焼いた料理なんです。……よいしょっと」

霞がパウンド型を皿の上で引っくり返すと、長方形に固められた肉の塊が綺麗に外れた。それを均等に切り分けていく。そしてその一枚を小皿に取り分け、茶色いソースをかけて「どうぞ」と八千流に渡した。

「……いただきます」

箸で一口大に分けて口に運び、八千流は目を閉じてよく味わって食べる。

肉の旨みだけではなく、スパイスの風味が口の中で溢れ出し、深みのあるデミグラスソースと絡み合う。濃厚な味つけだが、茹で卵の素朴な味のおかげでまろやかに仕上がっている。

「初めて食べる味ですが、まあまあですね」

「ありがとうございます!」

「……ですが、食事の支度は使用人たちの仕事です。許嫁（いいなずけ）だからといって、あなたが作る必要はないのですよ」

「それはわかっているんですけど。その、食事を作る時間になると体がうずうずしちゃって、じっとしていられないんです」

霞が目を泳がせながら答えた。

八千流は他にも何か理由があると感じたが、詮索しないことにした。どうせ妹に手料理をねだられたに違いない。

「……まあ、いいでしょう。勉学に支障がない程度であれば、厨房に入ることを許可します。あなたたちも、それでいいですね？」

料理人たちは「はい」と笑顔で頷いた。霞が手伝うようになってからというもの、いつも忙しかった朝食の支度に余裕が出来たらしく、彼らの評判を得ていたのである。

もちろん、誰も霞の真意には気づかぬまま。

一時間後、テーブルに並ぶ料理を前にして、雅がにんまりと微笑む。

「おおっ、今日の夕飯はミートローフか。この匂いは……ふむ、姉上の作ったものじゃな」

霞が食事の支度を手伝うようになったのは、妹のためでもあった。雅は豪快な性格をしているが、意外と繊細な一面があるのだ。

修学旅行などで出先の料理に舌鼓を打ちながらも、次第に我が家の味が恋しくなり元気がなくなっていく。初日ははしゃぎ回って教師たちの手を焼かせていた暴れん坊が、最終日には水やりを暫く忘れられた植物のように萎びてしまう。

「ん～！　これじゃ、これじゃ。この味をずっと食べたいと思っていたのじゃ！」

雅はミートローフを頬張ると、幸せそうに頬を緩めた。

「雅さん、食事の時はお静かになさい。何度言ったらわかるのですか」

「偉そうな口を叩くな、鬼婆め。自分の分だけ厚めに切るようにと、姉上に指示しておったくせに」

「鬼灯家の食卓に相応しい料理であるか、見極めるためです。それが私の役目なのです！」

いつものように始まった雅と八千流の口喧嘩だが、霞はそれに構うことなく隣の青年に意識を向けていた。

箸でミートローフを切り分け、ソースを絡ませて口へ運ぶ。鷹の爪が添えられた胡瓜の浅漬けを口に運ぶ。ふっくらと炊き上がった白米を口に運ぶ。時折、茄子と豆腐の味噌汁を啜る。

その間、彼の表情が変わることはない。何だか人間の振りをしているロボットのようだ。

美味しいですか？　って聞いてみようかな。でも口に合わないって、はっきり言われたらどうしよう……！

霞は溜め息を零して、味噌汁を啜る。蓮がほんの少し顔の向きを変え、その様子を見ていたことに気づかなかった。

第三章　わかり合えない

「では、よろしくお願いします」

霞が使用人に差し出したのは、白い封筒だった。その中には両親や実家の使用人たちに宛てた便箋が丁寧に折り畳まれている。

鬼灯家にやってきて早一ヶ月。あれから実家には一度も帰っていない。慎太郎とは時折メールでやり取りをしているものの、彼らが息災であるか気がかりだった。

「確かに承りました。明日には届くかと思います」

使用人は手紙を預かると、一礼して部屋を出ていった。

今日は土曜日で、学校はお休み。霞は鞄から教科書とノートを取り出して、机の上に広げた。休日は勉強に専念するようにと、八千流から言いつけられているのだ。

恋も大切だけど、学業も同じくらい大事。両手をぐっと握って気を引き締めると、まずはこの一週間の復習に取りかかる。

外からは小鳥の鳴き声や車のエンジン音が時折聞こえるが、不思議と意識が逸れることはない。

適度な雑音があると、脳は仕事や勉強に集中出来る。これをホワイトノイズと言うのだと、以前に英語の教師が豆知識を披露してくれた。

勉強の合間にお茶を飲んでいると、上のほうからパタパタと走り回るような物音が降ってくる。

天井を見上げて、霞は一ヶ月前のひとコマを思い出していた。雅が折り紙の手裏剣を天井に放った時、何かが驚いたように鳴いたのだ。

それ以来、小さなホワイトノイズが時たま聞こえてくる。

（ネズミでも棲みついているのかな……）

しかし奇妙なことに彼らが足音を立てるのは、この部屋だけだった。

一方その頃、雅は自室のベッドに寝そべり、ポテトチップスをかじりながらスマホのゲームに没頭するという怠惰（たいだ）な時間を過ごしていた。

だが、突如来訪した八千流にポテトチップスの袋を奪い取られ、説教を食らう。

「せっかくのお休みだというのに、勉強もせずぐうたらしているとは何事ですか！　少しは霞さんを見習いなさい！」

「せっかくの休みだからこそ、ぐうたらしているのじゃ！　私は試験の前日に本気を出すタイプなんじゃ！」

「そんな体たらくではいけません！　あなたは使用人として鬼灯家にやってきたはず。それなのに、毎日食べて寝て遊んでばかりではありませんか！」

「うるさいのぅ……」

一層怒りのボルテージを上げていく八千流に、雅は渋々上体を起こした。

軽く背伸びをしてから、両脚でベッドを蹴って跳躍する。猫又族特有の高い身体能力で、八千流の頭上を軽々と飛び越える。そしてドアの前に着地すると、取っ手に手をかけた。

「残りのポテチはくれてやる。じゃあの、鬼婆」

「あっ、こら！　お待ちなさい！」

「待てと言われて、待つ奴がいるか！」

部屋を飛び出して、素早くその場から離れる。霞の部屋に逃げこもうかとも考えたが、多分「雅、ちゃんと勉強しようね」と追い返されるだろう。

（どこか隠れる場所はないかのぅ……おっ？）

避難場所を捜しがてら探索するうちに、廊下の突き当たりにある部屋に辿り着いた。

使われていないのか、ドアのプレートが外されている。

ちょうどいい、と雅は躊躇いもなくドアを開けた。

途端、ホコリ臭さを含んだ生ぬるい空気が頬を撫でる。どうやら物置らしく、椅子や箪笥などの家具が保管されていた。長い間ここで眠っているのか、表面にはうっすらと白いホコリが積もっている。

「まずは換気じゃ」

雅が軽く咳きこみながら、窓辺へ向かおうとした時だ。天井から微かな物音がした。

雅は立ち止まって上を見上げる。すると天井板の一部に、小さな隙間があることに気づいた。あそこを抉じ開ければ、中に忍びこめそうだ。

「よい……しょっと。おお、意外と広いのぅ」

近くにあった箪笥を踏み台にして、天井裏に侵入する。光が遮断された空間だが、夜目の利く雅にとっては、さして問題ではない。四つん這いの姿勢でゆっくりと前進していく。

何者かがここを根城にしている。

程なくして、雅はそう直感した。

手入れが行き届かない場所にもかかわらず、天井裏は清潔に保たれている。木くずやホコリが溜まっておらず、蜘蛛の巣も張っていない。空気はこもっているものの、物置部屋よりもよほど衛生的だ。

さらに奥へ進んでいくと、前方から何やら話し声が聞こえてきた。

気配を殺して近づくと、声の正体は二匹のネズミだった。

ハムスターのように尻尾が短く、背中には手裏剣に似た模様がある。二匹は親子のようで、小さいほうのネズミが大きいほうのネズミに何かをねだっていた。

「お母様、あの子とお話がしてみたいのです。とっても優しそうな女の子なのです」

「ダメよ。鬼に見つかったら最後、この屋敷から出ていかなければいけないわ。それに、あの娘についてきた猫も凶暴そうだし……」

「ほお、それは私のことか？」

二匹の背後に迫り、会話に割って入る。

パッと振り向き石のように固まってしまった親子に向かって、雅は舌舐めずりをした。

「くくっ、美味そうなネズミじゃのぅ。丸呑みにしてやろうぞ」

「チュウゥゥ～～っ‼」

途端、親子はぶわりと毛を逆立てて逃げ出した。しかし、思いがけず見つけたおもちゃ……いや、遊び相手を雅は追いかける。

「ぬははっ！　待たぬか、ネズミどもっ！」

「チュウゥゥッ！　助けてーっ！」

親子に劣らぬ俊敏さで次第に距離を縮めていくが、この時雅は忘れていた。ここが天井裏であることを。

ガゴッ、と体の下で不吉な音がした。天井の板が体重に耐え切れず、外れてしまったのである。

雅は慌ててそこから離れようとするが、時すでに遅し。

「うぎゃぁぁっ！」

「チューッ！」

すんでのところまで追いつめた親子を道連れにして、雅は真下へ落ちていった。

「きゃぁぁぁっ⁉」

霞の悲鳴が室内に響き渡る。いつになく物音が激しいと訝しんでいると、妹が突然天井から降ってきたのだ。

「む？　ここは姉上の部屋じゃったか」

宙で体を回転させながら着地した雅は、床をキョロキョロと見回した。

「何してたの、雅⁉　どうして天井から落ちてきたの⁉」

「ちょっと探検をしておっての……」

雅は自分と一緒に落ちてきた天井板を拾い上げた。すると、その下に隠れていたネズミの親子が、「チュー！」と慌てて駆け出す。

雅が「待て待てーっ」とその後を追いかける。

突如始まった鬼ごっこならぬ猫ごっこに、霞は暫し呆然としていた。しかしふっと我に返り、親子をささっと掌にすくい取った。

「そ、そんなに追いかけ回したら可哀想だよ……！」

霞の掌では、ネズミの親子がぷるぷると震えながら、身を寄せ合っている。親子を庇うように背を向ける姉に、雅がむっと口をへの字にした。

「何が可哀想なものか。こやつらはただのネズミではなくて、あやかしの一種じゃ。天井裏を自分たちの棲み処にしておったぞ」

「えっ、そうなの⁉」

霞が親子を見下ろすと、二匹は目を潤ませながら掌にしがみついていた。

「お願いです！　どうか見逃していただけませんか！」

「我ら、ここを追い出されたら行く宛がありません！　一族郎党野垂れ死んでしまいます！」

必死に懇願する親子を、霞は無言で眺める。

……か、可愛い。愛らしい見た目に絆され、胸がキュンとときめいた。

「おい、姉上。こやつらをさっさと鬼婆に突き出すぞ」

「……だけどこの子たち、別に悪さをしていたわけじゃないんだし、お屋敷の皆さんには内緒にしてあげようよ」

「何を甘いことを言っておる。これは不法占拠じゃ、立派な犯罪行為じゃぞ」

「天井裏に住み着いていたくらいで大袈裟じゃない⁉」

このままだと本当に親子が連行されてしまう！　何とかして二匹を救えないだろうかと頭を回転させていると、雅は意外なことを言い始めた。

「……そうさな。ここは姉上に免じて、鬼婆たちには黙っておいてやるとしよう」

「チュウッ！　本当でございますか⁉」

「ただし、条件がある。……密偵として私たちに仕えるのじゃ」

雅が得意気な表情で、親子にそう命じる。思わぬ提案に、霞は目を丸くした。

「み、密偵？」

「うむ。鬼婆どもに引き渡すより、恩を売って手下にしたほうが、後々都合がよさそうじゃからのぅ。どうじゃ、ネズミども」

「は、はい！　喜んで仕えさせていただきます！」

「ちなみにわかっているとは思うが、他の奴らに捕まった時は決して私たちの名前を出すなよ。もし口にしたら、鬼より先に私が貴様らを八つ裂きにするぞ」

「チューッ！　肝に銘じておきます！」

ネズミの親子はビシッと背筋を正して、返事をした。しかし霞には先ほどから気になることが一つあった。

「あなたたち……さっき一族郎党って言ってたけど、他にもネズミさんがいるの？」

「当然でございます。今、仲間たちを呼びます故、少々お待ちくださいー」

母親ネズミがピュウッと口笛を吹く。その直後、穴が空いたままの天井から次々とネズミが降ってきた。まるで忍者のような身のこなしで着地して、霞の周囲に集まっていく。

その数、五十匹以上。床を埋め尽くすネズミの大群に、霞と雅はぽかんと口を開けて立ち尽くしていた。

「多すぎじゃろ！　ここの使用人どもよりいるではないか！」

「これでも、随分と少なくなりました。かつて江戸城で暮らしていた頃は、千匹ほどおりました」

「密偵なんぞこんなに要らんわ！　お前ら今すぐここから出ていけ！」

「いーえ！　私どもは何があろうともあなた方にお仕えすると決めました！　止めても無駄です！　チュウッ！」

全身にしがみつくネズミたちに、雅は「ぎゃあぁ」と悲鳴を上げた。一匹二匹なら可愛いと思えるが、これだけたくさんいると気持ち悪い。

「姉上、助けてくれ！　……って何をしているのじゃ、姉上!?」

助けを求める妹を無視して、霞は引き出しから取り出したハンカチをはさみで切り始めていた。

「この子たちに鉢巻きを作ってあげようかなって。きっと可愛いと思うよ」

「嘘じゃろ、こやつらを雇うつもりか⁉」

愕然とする雅を余所に、ネズミたちは「チュー！」と喝采を上げる。

「チュー。まるで女神のようなお人なのです」

「鬼以外が鬼灯家の許嫁になるとのことで、ずっと観察しておりました」

先ほどの親子は、うれしそうに霞の肩に乗って頬ずりをした。

そんな中、年老いたネズミは口元に前脚を当てて首を傾げていた。

「チュウ……？」

「長老、いかがなさいました？」

その様子に気づいた若いネズミが声をかける。

「気のせいじゃろうか。霞様から懐かしい気配を感じるような……」

「懐かしい気配？」

「歳は取るもんじゃないのぅ。この辺まで出かけとるんじゃが」

自分の喉元を撫でながら、長老は溜め息交じりに呟いた。

「皆、よろしくね！」

年老いたネズミたちの会話は、霞の明るい笑顔によって終わる。

「チュウ～！」

すっかりネズミたちと意気投合してしまった姉に、雅はがっくりと肩を落とすのだった。

「霞お嬢様、シーツを干すのをお願いしてもよろしいでしょうか？」

「はい。お任せください！」

洗濯したばかりのシーツが入った籠（かご）を使用人から受け取り、霞はふんふんと鼻歌を歌いながら庭へ向かう。

食事の支度だけではなく洗濯や掃除も手伝うようになり、この頃になると使用人たちとも随分と打ち解けていた。家事の合間に談笑したり、彼らとおやつを食べることもある。

初めの頃は厳しかった八千流の態度も、以前よりも軟化したように感じられる。雅とはあいかわらず些細な理由で言い争いをしているが、あれはあれで喧嘩するほど何とやらというものだろう。

しかし、霞には大きな問題があった。

「はぁ……」

思わず溜め息が漏れる。

肝心の想い人との進展はさっぱりだ。たまに廊下ですれ違っても、会釈をするだけ。

食事の最中も終始無言で、食べ終わるとすぐに部屋へ戻ってしまう。

確かに、この縁談が形だけのものであって、本人たちの意志など蚊帳の外だと考えれば、こんなものかと納得がいくのだが、それでは物足りないと思うほど、蓮への想いはますます大きくなっていた。

青く澄み切った晴天の下で、霞の心はどんよりと曇っていた。それでも与えられた仕事をこなそうと、物干し竿に洗いたての白いシーツを干していく。ふわりと香る洗剤の香りが、少しだけ暗い気持ちを癒してくれる。

「霞さん」

そ、その声は。突如後ろから名前を呼ばれて、霞はビクッと体を揺らした。

恐る恐る振り向くと、眉目秀麗な青年がこちらへ歩いてくる。

「れ、れ、蓮様……っ‼」

突然の事態に、霞はパニックに陥る。緊張のあまり手にしていたシーツをうっかり手放してしまい、籠の中へ落ちていく。

「……驚かせてしまったようですね。申し訳ありません」

「そんなことありませんっ！　えっと、わ、私に何かご用ですか⁉」

上擦った声で尋ねると、蓮は「用、というほどのことではないのですが」と気まずそうに目を伏せた。言葉を選んでいるように見える。そしてようやく考えが纏まったのか、視線を霞に戻す。

「霞さんが炊事や洗濯をしていると、黒田から聞きました」

「は、はいっ」

「ですから、もしやご自分の立場を気にして働いているのではないかと」

「え⁉ そんなことありません！ ただ皆さんのお手伝いを出来ればと思っただけで……！」

首を横にぶんぶんと振りながら否定した霞だが、悪い予感が脳裏をよぎりハッと息を呑む。

「もしかしたら、ご迷惑だったでしょうか？」

「いや、そんなことはありません。使用人たちは皆、あなたに感謝していると黒田が言っていました」

霞の不安を読み取ったのだろう。蓮は早口で言い切ると、また言葉を継いだ。

「ですが、学業と家事ばかりで、ご自分の時間を持てないのではありませんか？」

「私なんかより、蓮様のほうがお忙しそうです。朝から晩まで働きづめで……だから、こうして、お話が出来て、うれしいです！」

自分の気持ちを正直に伝える。たったそれだけのことなのに、相手が好きな人というだけで顔が熱くなり、心臓が騒がしく音を立てる。

「そ、そうでした！　早く洗濯物を干さないと！」

他のことをして気分を落ち着かせよう、と慌てて籠の中からシーツを再び取り出し、干そうとする。

しかし、うっかり石を踏んでしまい、大きくバランスを崩してしまう。

「ひゃっ……」

「霞さん⁉」

蓮が慌てて霞の両肩を掴み、転倒しそうになる体を支える。

「……大丈夫ですか？」

「は、はいっ。ありがとうございま……」

安堵の息を漏らしながら顔を上げた途端、霞はピシッと硬直した。すぐ目の前に、許嫁の美しい顔があったのだ。

「あわわわわ……！」

「お怪我はありませんか？　足を痛めたりは……」

「大丈夫ですっ！　あの、あのっ、失礼しましたぁぁぁっ！」

えらいこっちゃ。霞は慌てて後ろへ飛び退き、脱兎の如くその場から逃げ出した。

「霞さ……」

呼び止める間もなく、遠ざかっていく霞の悲鳴と足音。

蓮は暫し呆然としていたが、やがて取り残されたままの洗濯物を干し始めた。

「……ようやく霞さんとお話が出来た」

その口元は、柔らかに緩んでいた。


一方、雅は自室でのんびりと漫画を読みふけっていた。だが、バタバタと近づいてくる足音を感じ取り、素早く本を閉じる。

「チッ。あの鬼婆め、また説教をしに来たか」

勉強をしろと口やかましい八千流を想像して、舌打ちを漏らす。さっさと窓の外へ避難しようとする。しかし。

「雅っ！」

勢いよく部屋のドアを開けて飛びこんできたのは霞だった。いつになく取り乱した様子に、雅も瞬時に顔色を変える。声を潜めて問いかけた。

「どうした姉上。何かあったのか？」

「洗濯物を干してたら蓮様が来て、足がズルッとして、ギュッとしてもらったら、わぁぁーってなったの！」

「落ち着いて話せ。何を言っとるのかさっぱりわからん」

まったく要領を得ない説明に呆れながら、雅は姉の口にポテトチップスをねじこんだ。

もぐもぐ。

小休止を入れたことで冷静さを取り戻した霞は、先ほどの出来事をぽつりぽつりと語った。

「……というわけで、びっくりして逃げてきちゃった」

「そこで逃げてどうするんじゃ、逃げて……。そういう時は、どさくさに紛れてキスをするもんじゃろ」

雅は深刻な表情で、やれやれと首を横に振った。

「無理だよ、そんなの出来ない！」

「じゃろうな。これしきのことでパニクっているようでは、絶対に不可能じゃ。期待する気も起きん」

霞の話を聞く限り、蓮も霞をそれなりに気にかけてはいるようだ。そうでなければ、仕事の合間にわざわざ会いに来たりはしないだろう。

(じゃが姉上がこの体たらくでは、二人の仲はさっぱり進展せんぞ……)

手を繋ぐだけでも、年単位の時間を要するかもしれない。そもそも、姉の想いが成就するのかさえ怪しい。

「仕方がない、ここは私が一肌脱ぐしかあるまい。……ネズミども、出番じゃぞ！」

雅が天井に向かってピュウッと指笛を吹く。

直後、ずず……と天井の板がゆっくりとずれて、その隙間から数匹のネズミが降ってきた。

「雅様、我らをお呼びですか？」

霞が作ったスカーフを首に巻いた彼らは、雅の目の前にずらりと整列した。その統率の取れた動きに感心した霞が「かっこいい……」と拍手を送る。

「うむ。お前たちに重要な任務を与えよう」

「チュウッ！　鬼灯家のご当主の暗殺計画ですか？」

「違う。当主のボンボンの動向を監視しろと言っておるんじゃ」

「なるほど。殺すのはご子息のほうですね」

ネズミがニヤリと邪悪な笑みを見せた。

「それも違う。可愛いナリをしておるのに、物騒なネズミどもじゃのぅ」

ネズミたちの発言をさらりと受け流し、雅は本題に入る。

「あやつも、四六時中仕事をしているわけではなかろう。疲れが溜まれば、休憩をするはずじゃ。……お前たちは、その瞬間を見極めて姉上に知らせよ」

「わ、私？」

霞が自分を指差しながら、首を傾げる。

「そう！　その報告を受けた姉上は、すぐにコーヒーをボンボンへ持っていくのじゃ。姉上はボンボンと顔を合わせる機会が出来る。ボンボンも『霞さんはなんて気が利く人なのだろう……』と、ときめきを覚えるはず。うむ、我ながら完璧な作戦じゃ！」

自分に酔いしれている雅に、霞がすかさず作戦の欠点を指摘する。

「全然完璧じゃないよ！　休憩しようとしてる時に持っていったら、タイミングがよすぎて見張ってることがバレちゃうよ⁉」

「そこは偶然で押し通せ！」

まさかの無茶振り。

「押し通せるかなぁ……」

「あの鬼ボン、ちょっと天然っぽいから何とかなるじゃろ」

そう断言して、雅は漫画を読み始めた。

ネズミを使って監視していたことがバレたら、大変なことになるんじゃ……と不安が拭えない霞だったが、好きな人と距離を縮める方法など他に思いつかない。

「霞様、我らにお任せください！　命に代えても任務を遂行してみせます！」

「う、うん！」

ネズミたちの言葉に背中を押され、霞は覚悟を決めることにした。

そしてその翌週の土曜日。霞は一人自室で膝を抱えて、ネズミたちの報告を待ち続けていた。

ちなみに言い出しっぺである雅は、計画のことを完全に忘れて散歩に繰り出している。つまり、いざという時に頼れるのは自分だけ。

気持ちを落ち着かせるために深呼吸を繰り返していると、天井から小さな物音がした。はっと顔を上げると、天井からぴょこっと顔を出したネズミと目が合った。

「霞様、好機でございます。ご子息が仕事の手を止めて、本を読み始めました」

「ありがとう、ネズミさん！」

霞は駆け足で厨房に向かうと、手慣れた手つきでコーヒーを淹れた。使用人たちへの聞きこみで、蓮がブラックを好むことは把握済みである。

緊張で震える手で、執務室のドアをノックする。

「れ、蓮様！　コーヒーをお持ちいたしましたっ！」

やや上擦った声で呼びかけると、「どうぞ」と間髪を容れずに声が返ってきた。

「失礼します……」

おずおずとドアを開けて、ゆっくりと執務室に足を踏み入れる。ネズミたちの報告通り、蓮はソファーにもたれて文庫本を開いていたが、霞の姿を見るなり本を閉じた。

「ありがとうございます、霞さん。ちょうど休憩を取っていたところなんです」

一礼して、コーヒーカップを載せたトレイを受け取る。タイミングのよさを疑う素振りは見られない。

霞はほっと安堵し、次の一手を講じた。

「あの……何か食べたいものはありませんか⁉　何でもご用意します！」

「いえ、食にはあまり興味がありませんので……」

気合を込めて尋ねたものの、蓮の返答は淡白なものだった。

確かに食事中の蓮は、いつも作業のように料理を口に運ぶばかりで、楽しんでいるようにはまったく見えなかった。

それじゃあ、今までのお料理作戦は意味がなかったってこと？　……でも蓮様は悪くない。私が勝手に思いついて始めたことであって、彼が食に興味がないことに非はない。

一つの作戦が失敗に終わっただけ。

霞は自分にそう言い聞かせ、何とか平静を装う。

「わ、わかりました。それでは私はこれで失礼します」

パタン、と静かに執務室のドアを閉める。とぼとぼと部屋に戻ると、ネズミたちが霞の帰りを待っていた。

「霞様、どうでしたか？　ご子息のお心は掴めましたか？」

「…………そうですか。それは残念でございました」

俯きながら口を閉ざす様子から結果を察したのか、慰めの言葉をかける。だが次の瞬間、霞は力強く顔を上げた。

「私……何だか燃えてきた！」

恋に障害はつきもの。生まれて初めての恋を、これしきのことで諦めたりはしない。とりあえず蓮について一つ知ることが出来たのは大きな収穫。

また、次の作戦を練ればいい。

握り拳をぷるぷると震わせ、頬を紅潮させる。逆境は少女を強くさせていた。

「その意気でございます、霞様！」

「うん！　だからお願い！　みんなにもついてきてほしいの！」

「もちろんでございます。霞様のためなら、たとえ火の中水の中！」

「「「チューッ‼」」」

赤いスカーフを巻いたリーダーの号令に、他のネズミも鬨の声を上げる。室内が熱気に包まれる中、散歩から帰ってきた雅がドアを開けた。

「何の騒ぎじゃ、一揆でも始めるつもりか？」

円陣を組んで盛り上がっている姉とネズミたちに、雅は訝しげに首を傾げたのだった。

近頃、鬼灯蓮は不思議に思っていることがある。

仕事の合間の休憩中に、まるで頃合いを見計らったかのように許嫁の少女がコーヒーを持ってくる。

「霞さんは予知能力でも使えるのだろうか？」

それはないなと、すぐにその可能性を思考から追い出す。猫又族の能力は、高い身体能力と物体を自在に動かす念動力だけのはずだ。

とするなら、考えられるのはただ一つ。

「……ものすごく勘のいい人なのかもしれない」

まさか自分が監視されているとは想像もせず、蓮はマグカップに口をつけながら思案する。挽き立ての豆を使っているのか、深みのある香りと苦みが口の中に広がる。

最近では、霞が淹れてくれたコーヒーを飲むのが楽しみになりつつあった。

最後まで飲み干し、空になったマグカップをテーブルに置いた。そして仕事を再開しようとして、蓮はじっとマグカップを見つめる。

霞には「飲み終わった頃に取りに来ますので！」と言われているので、いつもついこのまま放置していた。

あの少女は、この縁談が政略結婚であると承知で鬼灯家にやってきた。

現当主である父が決めた縁談。当事者の蓮でさえ異を唱える権利はなく、従う他なかったし、霞にしたって、おそらく断るという選択肢を持たない妹が不憫で、身代わりになると決めたのだろう。

ならばせめて、これ以上辛い思いをさせてはならない。自分の許嫁として、何不自由なく暮らしてほしいのだ。

それだというのに、彼女を使用人のように働かせてしまってどうする。

暫しマグカップを凝視した後、蓮はそれを手に取って部屋を出た。途中すれ違った使用人が「私がお運びします」と申し出たが、やんわりと断った。

「……？」

厨房に近づくにつれて、甘い香りが漂ってきた。

この匂いは……と、懐かしい香りに誘われるように歩調が速くなる。

厨房に辿り着いたと同時に、ピーッとアラーム音が鳴り響いた。エプロンを着けた許嫁がオーブンから長方形の黒い型を取り出している。途端、香りが強くなった。

「そーっと、そーっと……」

蓮の存在に気づくことなく、霞が真剣な顔つきでオーブンシートの上に型を引っくり返す。中身を覆っているシートをそっと剥がすと、綺麗に焼き色のついた物体が姿を現した。上下のみ焼き色を残しケーキナイフで薄くスライスしていく。

そして、鮮やかな卵色の断面を見て、霞がほっと表情を緩めた時だった。

「……カステラですか」

「ひゃっ！」

背後から聞こえた声に、霞の体が大きく跳ねる。

霞の様子に、蓮も驚いて後ずさった。

「急に声をかけてすみません。驚かせてしまいました」

「お、お気になさらないでください！　あっ、コーヒーのおかわりですか⁉」

マグカップを見た霞が早口で尋ねる。

「片づけに来ただけです。仕事がちょうど一段落したところだったので」

「あっ、お手数をおかけして申し訳ありません……！」

「いえ。僕のほうこそ、いつも霞さんに任せてばかりですから」

表情を変えることなく、蓮は穏やかな口調で言う。出来立てのカステラをチラチラと見ながら。

その視線に気づいた霞が問いかける。

「蓮様、もしかしてカステラがお好きなのですか？」

「昔、祖母がよく作ってくれました。……懐かしいな」

蓮は目を閉じて、小学生だった頃を思い出す。

鬼灯家の次期当主として、日夜勉強に励む日々だった。時期が来れば、跡を継ぐ日がやってくる。

鬼灯家の権威を失墜させ、自らが鬼族のトップに成り代わろうとする者は大勢いる。

そんな彼らに侮られないように、自分が当主であると示す時のために、寝食を削って机に向かい続けた。

そんな蓮を気にかけていた祖母は、よくカステラを作ってくれた。

『これなら、勉強しながらでも気軽に食べられるでしょう？』

そう言って優しく微笑んでいた祖母は、蓮が中学に進学する頃、天寿を全うした。

それ以来、菓子を食べる機会もなくなっていたが……

「でしたら、こちらは蓮様が召し上がってください！」

「え？」

蓮が目を開けると、霞がカステラを載せた皿を目の前に差し出した。型から出したままの、一本の状態で。

「それはうれしいですが……よろしいのですか？　どなたかと召し上がる予定だったのでは。それにこの量は、ちょっと多すぎ……」

「また作るので大丈夫です！　さあ、どうぞ！」

「はぁ……」

ずいっと皿を突き出され、とりあえず受け取ろうと蓮が手を伸ばした時だった。ちょんと、二人の指先がほんの少し触れ合った。

「う、あぁ、ぁ」

「霞さん？」

「わ……わあああぁっ！」

霞の甲高い悲鳴が厨房に響き渡った。うっかり手放してしまった皿を、蓮がすかさずキャッチする。

「どうかしましたか、霞さ……」

霞はすでに厨房から走り去った後だった。遠くから微かに彼女の絶叫が聞こえてくる。

またしても一人取り残された蓮は、数秒ほど考えてからカステラをケーキナイフで切り分けた。そして端の部分を口に運ぶ。

しっとりと柔らかい食感と、ほんのりとした甘み。底面にはザラメが敷きつめられており、シャリシャリとした歯応えがある。

――祖母が作ってくれたカステラと同じだ。

「……美味しい」

小声で呟き、カステラを執務室へ持ち帰る。こんなに食べることが楽しいと感じるのは久しぶりだった。

その頃、我に返った霞は妹の部屋で正座をしていた。

「……で、鬼ボンにカステラを全部渡してしまったと？」

「ご、ごめんなさい……つい舞い上がっちゃって……」

溜め息交じりに尋ねる雅に、霞は素直に謝罪した。

雅の後ろにいたネズミたちががっくりと項垂れる。霞がカステラを焼くというので、今か今かと待ちわびていたのだ。

「チュウ……霞様のカステラ……」

「楽しみにしておりましたのに……」

「また明日作るから……！　本当にごめんなさい！」

霞は再び誠意を込めて頭を下げた。

そんな姉の姿に、雅は腕を組みながら肩をすくめる。

「まったく……ほんと、姉上は鬼ボンが絡むとポンコツになるのぅ。来週には食事会があるというのに、こんな調子で大丈夫か？」

「そういえば……」

数ヶ月に一度開かれる食事会には、鬼灯家の親戚が集まるらしい。蓮の許嫁の霞とその妹である雅も参加することになっていた。

「鬼ボンの許嫁であるとアピールする絶好の機会じゃ。決して気を抜くでないぞ」

「お……押忍っ！」

「あと、空回りしないようにな」

早くも緊張気味の姉を落ち着かせるように、雅は釘を刺した。

そして迎えた食事会当日。霞と雅はお互いの着つけを手伝っていた。

「これでよし、と。うん。とっても似合ってるよ、雅」

「だが、やはり着物は動きづらくて好まぬ……さっさと脱いでしまいたいのぅ」

雅が嘆息していると、天井から「お着替えは終わりましたか？」と確認する声が聞こえてきた。

「うん。皆、降りてきてもいいよ」

「それでは失礼いたしまして。チュウ、お二人ともとてもお似合いですよ」

天井から降りてきたネズミたちが、二人の礼装を見て賞賛を送る。霞は薄紅色の、雅は若葉色の色留袖に身を包み、髪は束ねて後頭部に纏めていた。

「ご子息も霞様のお姿を見たら、きっとイチコロでございます」

「そうかな？　そうだといいなぁ……」

「むっ？　この足音は……鬼婆か？」

ぽっと頬を赤らめる霞の隣で、雅が近づいてくる足音に気づく。

「隠れろ、ネズミども。捕って食われるぞ！」

「「チュー！」」

雅の号令で、ネズミたちが慌ただしく壁を伝って天井へ退避する。天井板がピシャッと閉まると同時に、部屋のドアが開いた。

「そろそろ時間です。早く一階に降りていらっしゃい」

黒留袖を纏った八千流が、素っ気ない口調で二人を促す。

「は、はい！」

「……それと、今のうちに一言申し上げておきます」

八千流は姉妹を交互に見て、言葉を継いだ。

「親戚の中には、あなた方に要らぬことを言う輩もいるでしょう。ですが、所詮は小者の戯言。あまり気になさらないように」

「……わかりました、心得ておきます」

八千流の忠告に、霞は神妙な面持ちで頷いた。一方、雅は不服そうに鼻を鳴らした。

「そんなの言われなくともわかっておる。鬼婆が心配するまでもないわ」

「売り言葉に買い言葉で、揉め事を起こさないようにと言っているのです。特に雅さんは、お口がよろしくありませんからね」

雅と八千流の間に、火花が散った。睨み合う両者に、霞が恐る恐る仲裁に入る。

「あの二人とも……そろそろ大広間に行きましょう。ね？」

「「ふんっ」」

二人はしかめっ面で互いにそっぽを向く。

霞は険悪な雰囲気の雅と八千流とともに、一階の大広間へ向かった。するとドアの脇には、黒紋付に仙台平（せんだいひら）の袴（はかま）を着た蓮が佇んでいた。

（蓮様、かっこいい……！）

かしこまった装いが、より一層凜々しさを引き立てている。許嫁（いいなずけ）の袴（はかま）姿に、霞は口元を抑えながら暫し見入っていた。

「霞さん？　どうかなさいましたか」

「いえっ。あの……そのお着物、とっても素敵です！」

「ありがとうございます。霞さんもよくお似合いですよ」

「は、はいっ！」

よくお似合いですよ、よくお似合いですよ……その言葉が脳内で延々とリフレインする。霞は茹で蛸（たこ）のような顔で、背筋を正した。

「では霞さん。中へ入りましょう」

「押忍（おす）！」

「……おす？」

高いテンションのまま応える霞に、蓮は首を傾げた。雅がすかさずフォローを入れる。

「姉上は初めての食事会で緊張しとるんじゃ」

「そうでしたか……何かお困りのことがありましたら、いつでもおっしゃってください」

こいつ、ほんとにド天然じゃな。霞の好意にまったく気づいていない様子の蓮に、雅は内心呆れていた。

霞と蓮が大広間に入ると、長テーブルにはすでに客たちが着席している。厳めしい顔つきの壮年の男性もいれば、髪を茶色に染めたいかにも軽薄そうな若者もいる。彼らから値踏みをするような目つきで見られ、霞は居たたまれない思いだった。

「皆様にご紹介いたします。この方は、私の婚約者です」

重苦しい雰囲気に動じることなく、蓮は客たちに霞を紹介する。

「……東條霞と申します。本日はよろしくお願いいたします」

こんなことで怯んじゃダメ！　気後れしそうになる自分を叱咤し、霞は深々とお辞儀をした。

「そしてこちらは、妹の雅でございます」

「まっ、よろしくのぅ」

霞の紹介に合わせて、雅が軽く手を挙げる。すると客の一人が、上座に座る蔵之介に冷ややかな口調で尋ねた。

「東條家からはもらい子……失礼。姉ではなく、妹のほうが嫁いでくるとお聞きしておりましたが？」

「諸事情で、霞くんが嫁いでくださることになってね。雅くんには、霞くんの世話役としてきてもらったんだ。……何か問題があるかな？」

「い、いえ。ただ気になっただけですから、あしからず」

にこやかな笑顔で答えた蔵之介に、男はそこで話を切り上げた。

和やかとは言いがたい空気の中、霞たちはそれぞれ席につく。蓮は蔵之介の隣に、その向かい側に八千流、霞、雅の順に着席する。

全員揃ったところで、蔵之介が起立して口上を述べる。

「皆忙しい中、集まってくれてありがとう。本日は各自近況などを語り合い、料理や酒を楽しんでくれたまえ。それでは皆グラスを手にとって……乾杯！」

蔵之介の音頭で、客たちは食前酒が注がれたグラスを掲げた。未成年の霞と雅には、葡萄（ぶどう）ジュースが用意されている。

食事会が始まり、大広間はにわかにざわつき始めた。

「蓮様、ご婚約おめでとうございます。去年は社長に就任されまして、これで鬼灯家も安泰でございますな」

「お二人のご結婚を楽しみにしております」

「恐縮です」

集まってきた客たちが祝いの言葉を述べ、蓮が会釈をする。

「流石は鬼ボン。レスポンスがこなれとるのぅ」

「うん。大人の男の人って感じ……！」

霞は料理に手をつけることなく、蓮をじっと見つめていた。蓮の傍にいた客たちがその熱視線に気づいて、訝（いぶか）しそうな表情を浮かべる。

「……霞さん、早く召し上がりなさい。料理が冷めてしまいますよ」

「す、すみません。今いただきま……」

見かねた八千流に促され、霞が慌ててカトラリーを手に取ろうとする。

「僕は、蓮坊ちゃまは社長に相応しくないと思いますけどね」

どこか棘のある口調で言い放ったのは、茶髪の青年だった。

途端、会場がしんと静まり返る。

「お、おい！　蓮様になんてことを言うんだ！」

　隣に座っていた男性が頬を引き攣らせながら、青年を叱りつける。しかし、青年はどこ吹く風で、話し続ける。

「だって、父さんもいつも言ってるだろ？　『蔵之介様は蓮様に甘いところがある。どうせ我が子可愛さで、社長に就かせたんだろう』って」

「や、やめろ……っ！」

　息子に陰口を暴露され、男性の顔からみるみるうちに血の気が引いていく。

「蔵之介様。社長の座を僕に譲っていただけませんか。学力はいささか劣りますが、僕のほうが明るくて社交的です。少々陰気臭い蓮坊ちゃまより適任だと思いますよ」

　堂々とした口振りで自己アピールする青年に、客たちは唖然（あぜん）としていた。だが、そのうちの一人が、意を決したように口を開く。

「か、彼の言う通りだ。蔵之介様の息子だからと言って、蓮様がすべてを受け継ぐというのは、贔屓（ひいき）しすぎではないか……？」

「ああ。それに、結婚相手が直系の子ではないというのも、次期当主として示しがつかん」

　誰かが放った心ない一言に、霞ははっと目を見開いた。言われているのが自分のことだとわかり、顔が熱くなっていく。恥ずかしさと驚きが入り混じり、波のように押し寄せてきて逃げ場を失う。

呼吸を整えようと、胸に手を当てて息を吸う。心臓が忙しなく脈打つのが手の平に伝わってくる。

そして非難の矛先は霞だけでなく、東條家にも向けられた。

「化け猫どもめ。自分たちの娘を手放すのが惜しくなって、もらい子を差し出しおったわ」

「いや。妹が嫌だと駄々をこねたのかもしれんぞ。我の強そうな娘だからな」

どうしてここまで家族を悪く言われなければならないのか。恐れが別の感情へと変わっていく。

霞の中で、じわじわと怒りが込み上げてきた。

彼らの発言に顔をしかめた八千流が口を開きかける。

その時、それを遮るように、霞が大きく椅子を引いて立ち上がった。そして強い口調で切り出す。

「鬼灯家にやってきたのは、私自身の意志です！　両親や妹は関係ありません！　ですから……どうか私の家族を侮辱するのはおやめくださ……」

そこで霞は我に返り、「し、失礼しましたっ」と素早く席についた。

「ナイスじゃ、姉上。かっこよかったぞ」

「ありがと……」

誇らしげな表情で耳打ちする雅に、霞は真っ赤になった顔を両手で覆いながら頷いた。……ああっ、私ったらついカッとなっちゃって！

自分がけなされるのはいい。もらい子と揶揄されることも覚悟は出来ていた。けれど、大切な家族が口汚く罵られることだけは我慢ならなかったのだ。

「霞さん」

自分を呼ぶ声に霞は顔を上げた。

茶髪の青年が頬杖をついて、こちらを見ている。

「もしよろしければ、僕にお酌をしてもらえますか？」

そう言いながら、空になったグラスを霞のほうへ差し出す。

霞は目を丸くした。

「えっと……？」

「自分から進んで、蓮坊ちゃまの許嫁になったんですよね？　本家に嫁ぐんですから、このくらいはこなせるようにならないと」

「……姉上、あんなバカの言葉など聞くでないぞ」

不愉快そうに顔を歪めた雅が小声で言うが、霞は首をふるふると横に振った。

「ううん。お酌くらい、お父様にもよくしてたから、大丈夫だよ」

「あ、こらっ」

雅が呼び止めるのも聞かず、霞はテーブルの上にあったビール瓶を手に取って席を立った。そして、青年のもとへ行こうとする。

「きゃっ」

その途中、霞はガクンとつんのめって転倒してしまった。床に落ちたビール瓶が音を立てて割れる。

「あーあ。何してんだか。……ん？」

近くの席の男が呆れたように笑い、振り向きざまに霞を見下ろす。転んだ拍子に着物の裾がめくれ、そこから覗いた右足のふくらはぎには、大きな傷跡が見えた。

「何だ。もらい子の上に傷物か。こりゃ傑作だ」

その一言に、客たちから笑い声が漏れる。

「姉上っ！」

雅が素早く霞に駆け寄り、抱き起こす。

「大丈夫か、姉上⁉」

「ご、ごめん、雅。転んじゃって……」

霞が心配させまいと無理に笑おうとする。雅は唇を噛み締め、周囲を睨みつけた。

「貴様ら、いい加減に――」

雅が声を荒らげようとした瞬間、ドンッと大きな音が大広間に響き渡る。蓮が自分のグラスをテーブルに強く叩きつけた音だった。

皆の目が集まる中、蓮がおもむろに言葉を発した。

「……皆様方、お酒も入って随分とお楽しみのようですが」

バチバチッ。蓮の周囲に赤い火花が散る。その瞳には、静かな怒りが宿っていた。

「私の許嫁を愚弄しないでいただけますか？」

「ひっ……」

客たちから悲鳴が上がる。ガシャンという破壊音とともに、彼らのグラスが次々と割れ始め、バラバラと破片が散らばった。

そんな中、八千流が溜め息をつく。

「秀二さん」

「は、はい……」

名前を呼ばれ、茶髪の青年がたどたどしく返事をする。

「あなた、他の者と示し合わせて霞さんを辱めたわね？」

「た、確かに彼女に酒を注がせようとしましたが、辱めるだなんてそんな……」

「私は見ていましたよ。その男があなたと目を合わせた直後、霞さんに足をかけて転ばせたのを」

八千流に指摘された男が、ビクッと体を震わせる。その情けない姿を一瞥し、八千流は冷ややかに告げた。

「二人とも今すぐ出ていきなさい。そして、金輪際この屋敷の敷居を跨ぐことを許しません」

食事会が終わった後、霞は八千流の部屋を訪れた。

「……場の雰囲気を乱してしまい、申し訳ありませんでした」

「頭を上げなさい、霞さん」

深々と頭を下げる霞をまっすぐ見据えながら、八千流が静かな声で促す。

「事を荒立てるような真似をしたのは、あの者たちです。あなたが責任を感じる必要はありません」

「ですが……」

――親戚の中には、あなた方に要らぬことを言う輩もいるでしょう。ですが、所詮は小者の戯言。あまり気になさらないように。

事前に八千流にそう言われていたのに、破ってしまった。今にして思えば何を言われようと、我慢していればよかったのだ。そうすれば、あんなことにはならなかったかもしれない。

自責の念に駆られる霞に対して、八千流はゆっくりと首を横に振る。

「謝らなければいけないのは、彼らの愚行を止めることが出来なかった私たちです。蓮もそう言っていましたよ」

「蓮様が……？」

「無意識だとは思いますが、あそこまで鬼族の力を暴走させたのです。よほど腹に据えかねたのでしょうね。あの子があれほど怒る姿は初めて見ました」

「……」

好きな人が自分のために怒ってくれた。八千流の言葉に、霞は頬が熱くなるのを感じた。そして同時に罪悪感を覚える。

みんなに迷惑をかけてしまって、喜んでいる場合じゃないのに。こんな時に舞い上がっている自分が恥ずかしくて情けなくて、着物の袖をぎゅっと握り締める。

「今晩はもう遅いです。自分の部屋に戻りなさいな」

「あ、あの、八千流様」

「まだ何か？」

霞は一瞬躊躇った後切り出した。

「脚の傷のこと、黙っていて申し訳ありませんでした。実は私、幼い頃に――」

「そんなことより明日の味噌汁の具は茄子(なす)と豆腐にしなさい。いいですね？」

霞の言葉を遮るように、八千流はそう告げた。

「……はい」

霞は最後に深く腰を折り、部屋から退室した。ひっそりと静まり返っている廊下を進んでいく。

自室に戻る途中で、妹の部屋の前で足を止める。

「雅……まだ起きてる？」

数回ノックして呼びかけてみるが、返事はなかった。

「……もう寝てるのかな。おやすみなさい、雅」

そう言い残し、霞は自分の部屋へ戻っていった。

「姉上……ごめん……ごめん……っ」

姉が去っていく足音を聞きながら、雅はベッドの中で啜（すす）り泣いていた。

◆◆◆

その頃、一台の黒い高級車が夜の街を走っていた。

「まったく。馬鹿どものおかげで、とんでもない目に遭った」

後部座席に座る男が、忌々(いまいま)しそうに愚痴を零す。

彼の名は鬼灯政嗣(まさつぐ)。食事会の場では、終始口を閉ざしていた壮年の男性だった。

「一部の者の愚行とはいえ、当面の間、食事会は中止となるでしょうな」

運転席の男が相槌を打つ。

「そうだな。もっとも、競合相手が減ったとプラスに捉えることも出来るか。ご子息の婚約者に狼藉(ろうぜき)を働いたんだ。八千流様もお怒りだったし、奴らはもう終わりだな」

「東條霞、でしたか。随分と大事にされているようですね」

「……ああ」

「政嗣様？」

「いや……あの娘の顔、どこかで見たことがあると思ってな」

窓の向こうに広がる景色を眺めながら、政嗣は古い記憶を掘り起こしていた。

冷たい月明かりの下、燃え盛る屋敷。

むせ返るような血の匂い。

そして、赤子を抱きかかえ、闇の中へ駆けていく一人の女。

東條霞の顔は、あの女と瓜二つだった。

「そんなはずはない……あれは猫又族のはずで……」

「政嗣様、どうかなさったのですか？」

ぶつぶつと呟き続ける政嗣に、運転手が怪訝そうに尋ねる。

「少し気になることがある。……東條霞、彼女の身辺を調べてくれ」

かつて止まったはずの運命の歯車が、再び動き始める。

第四章　マタタビと酔っ払い

「霞さん、何か欲しいものはありませんか？　新しい洋服を仕立ててもらうことも出来ますが」

突然、厨房にやってきた蓮にそう尋ねられ、霞は狼狽(うろた)えた。

「い、いえっ。今は特に何も……それに、お洋服も間に合っていますし」

「……そうですか。お忙しい中、失礼しました。朝食、美味しかったです。ごちそうさまでした」

蓮は何か言いたそうにしながらも、霞に頭を下げて去っていった。その後ろ姿をぼんやりと見送る霞に、使用人の一人が耳打ちする。

「近頃の蓮様、ずっとあんな調子ですね」

「はい……」

あの食事会から一週間。

蓮は霞を気遣うような言動が増えた。以前はなかったが、食事の時に霞の料理をさりげなく褒めたり、洗濯物を干していると手伝おうとしてくる。

優しくされたり、一緒にいる時間が増えたりすることは霞にとってはうれしい。だけど自分のことで余計な気を遣わせていると思うと心苦しくて、正直喜びより申し訳なさが勝っていた。

今日は日曜日で、学校は休みだ。霞は朝食の後片づけを終えると、雅の部屋で過ごしていた。

床に散らされた無数の札。それらを睨みつける雅とネズミたち。

張りつめた空気の中、霞が短歌を読み上げる。

「これやこの、行くも帰るも、別れては……」

「どりゃぁぁっ！」

「チュウゥゥッ！」

瞬間、双方が弾かれたように動き出す。そして目にも止まらぬ速さで、下の句が書かれた札を取ったのは――雅だった。

「ぬはははっ！　この札も私のものじゃ！」

「また取られてしまいました」

「流石は雅様。疾風迅雷（しっぷうじんらい）の動きでございます」

高らかに札を掲げる雅に、ネズミたちが感嘆の声を上げる。大人数でも遊べるゲームとしてカルタが採用されたものの、完全に雅の独壇場と化していた。

「み、雅。少し手加減してあげたほうが……」

「何を言っているのじゃ。これは真剣勝負。情けなど無用じゃ」

「チュウ……容赦がありません。雅様は鬼でございます」

しょんぼりと項垂(うなだ)れる子ネズミに、霞が励ましの言葉を送る。

「そんなに落ちこまないで。後でチーズケーキを焼いてあげるから」

「本当でございますか⁉ やる気がみなぎってまいりました！」

「その意気だよ。頑張れ！」

子ネズミをおだてる霞を眺めながら、雅の肩に乗っていたネズミがぼそりと言う。

「元気になられたようで、何よりでございます」

「……表面上はな。私たちに心配させまいと取り繕っているだけじゃ」

「それは難儀なことですな……」

ネズミが霞へ憐れみの眼差しを向けた時だった。天井から一匹のネズミが慌ただしく降りてきた。

「霞様ーっ！　大変でございますっ！」

霞の掌にぴょんと飛び乗り、非常事態を訴える。

「ど、どうしたの？」

「政嗣様が霞様の正体を暴こうとしております！」

「まさ……つぐ？」

「知らん！　誰じゃそいつ！」

霞と雅にとって初めて聞く名前だった。

しかし他のネズミたちは、それを聞いてハッと目を見張った。

「鬼灯一族にはいくつも分家が存在しますが、その中で最も権力を持つ家の者です。確か蔵之介様の従兄弟だとか。先日の食事会にも参加しておりました」

「……何だか詳しいね？」

「覗き見、盗み聞きは我らの得意分野でございますっ」

パチンッとネズミはウィンクをした。

「胸を張って言うことではないじゃろ。で、姉上の正体を暴くとはどういうことじゃ？」

雅が呆れながらも顔を寄せて、続きを促す。

「はい。本日政嗣様は、お仕事のことでご当主と話し合われておりました。ですが、その帰りに……」

――このまま東條霞のもとへ向かいますか？

政嗣は蔵之介の部屋を退室すると、部下を連れて廊下を歩いていた。

小声で尋ねる部下に、政嗣はゆるりと首を横に振った。

――食事会での一件が起きてから、まだ日が浅い。今ここで波風を立てれば、我々まで屋敷への出入りを禁じられてしまう。それに彼女が猫又族ではないと、確定したわけではない。

――猫又族かどうか試してみますか？　猫じゃらしやネズミなどを利用して……

――あからさますぎて、逆に警戒されるだけだ。

部下の短絡的な案に、政嗣が苦言を呈する。

――だが、着眼点は悪くない。そうだな、マタタビを使ってみるとしよう。

――なるほど、その手がありましたね。

二人の会話を天井でこっそり聞いていたネズミは、ぷるぷると体を震わせた。

「これは一大事です。早くこのことをお知らせしなければ……っ」

そして霞たちのもとへ急行したのだった。

「姉上が猫又族であるか探っているということか……？」

話を聞いた雅は霞に視線を向けながら、訝しそうに眉を寄せた。

「このままでは、霞様が純血の人間だと知られてしまいます！　早急に手を打たなくてはなりません！」

「う、うん。どうして調べてるのかわからないけど……って、え？」

霞はポカンと口を開けた。

「霞様、どうなさったのですか？」

「えっと……どうして『そのこと』を知ってるの？」

「そのこと？」

質問の意図がわからず首を傾げるネズミに、雅が焦った口調で言いつのる。

「姉上が純血だということじゃ！　このことは、鬼どもにも内緒にしておるのだぞ！」

霞があやかしの血を引かない、純血の人間であること。

それは鬼灯家はおろか、東條家でもごく一握りの者しか知らない秘密だった。なぜ気づかれたのかと、霞と雅に緊張が走る。

するとネズミたちは互いに顔を見合わせて、

「初めてお会いした時から、気づいておりましたよ？」

「霞様からは、何の混じりけもない清らかな匂いがするのです」

「それに、猫又族にしては少々どん臭そうですし……」

最後の一言はちょっと失礼だったが、霞と雅はそれどころではなかった。

「お前たち……絶対に姉上のことは他言するでないぞ⁉」

「もちろんでございます！　純血はあやかしの力を一切持たぬ故、社会的立場も低いと存じております。もし霞様が純血であると知られてしまったら最後、どんな目に遭うか……っ」

ネズミたちは前脚で目を覆いながら嘆いた。

「その政嗣とやらは、本家を潰そうと企てているのかもしれんな」

胡座に頬杖をつきながら、雅が自分の推理を語り始める。

「もし姉上が純血だと発覚すれば、当然鬼ボンたちの立場も悪くなる。奴はそうなることを狙っておるのじゃろう」

「で、でも、それは私たちが隠していたからで……」

「姉上がそう訴えたところで、『純血だと気づかず、迎え入れた無能集団』の烙印を押されるだけじゃ。無論、純血を鬼族に差し出したとして、東條家への風当たりも強くなる。……何が何でも、バレるわけにはいかぬのだ」

硬い表情で告げられ、霞は無言のまま力強く頷いた。これ以上、みんなに迷惑をかけるわけにはいかない。

ということで、作戦会議開始。

「しかし政嗣の奴め。マタタビを使うとは卑怯な……！」

「でも、猫又族ってどうやってマタタビを食べるの？　元はドングリみたいな木の実なんだよね？」

ギリギリと奥歯を噛み締める雅に、霞が素朴な疑問を口にする。

「うむ。だがあれは、生のままでは苦くて酸っぱくてとても食べられたものではない。

砂糖漬けにしたり、粉末状にして食べ物や飲み物に混ぜて摂取するのじゃ」

「粉末状……」

「おそらく政嗣は、それを姉上が口にするものに混入して反応を確かめるつもりじゃろうな。だから姉上は、あ奴の前でマタタビで酔っ払っている振りをするのじゃ」

「えぇっ⁉ どれにマタタビが入ってるかなんてわかんないよ⁉」

異論を唱える霞に、ネズミたちも同調する。

「霞様のおっしゃる通りでございます。何も入っていない料理で酩酊(めいてい)したら、逆に怪しまれてしまいますよ」

「マタタビはバラの花のような匂いがするのじゃ。もしマタタビを混ぜたものが出されたら、合図して知らせるから心配するな」

「だけど酔っ払った振りって、どうすればいいの……?」

一見隙のない完璧な作戦のように思える。しかし霞には、一つ懸念があった。

「あまり深く考えるな。恥をかなぐり捨てて、芋虫のようにゴロゴロしたり笑ったりしていればいいんじゃ」

「どんな風に？ せめてお手本を見せてほしいんだけど……」

「恥ずかしいからやらん！」

「ずるい！」

きっぱりと宣言する妹に、霞は頬を膨らませた。

「そう拗ねるな。酔った振りをすれば、何でも許されるんじゃ。思い切って鬼ボンにも迫ってみろ」

「せ、せま……っ⁉」

ボンッ、と霞の頬が赤く染まる。

「そんなのダメだよ！　蓮様だって怒るに決まって……！」

「あの鬼ボンが怒ると思うか？」

「……思わない」

すごく優しい人だもの。あと、ちょっと天然さん。

「素面(しらふ)では出来ないことがやりたい放題じゃぞ」

「……」

悪魔の囁きに抗いきれず、霞はコクンと頷いた。

数日後。鬼灯政嗣とその部下が三日ほど泊まりに来ることになった。新事業の立ち上げについて、蔵之介や蓮とじっくり話し合いたいという名目で。

「すまんな、蔵之介。今回も少しの間世話になる」

夕方頃、屋敷を訪れた政嗣は、厳めしい顔つきをした恰幅のよい男性だった。柔和な笑みを浮かべている蔵之介とは対照的である。

「構わないよ。こういうことは、意見の擦り合わせが大事だからね」

「そう言ってもらえると助かる。……それと」

政嗣の視線が蓮とともに、蔵之介の斜め後ろに控えていた霞へ向けられる。

「先日は一部の連中が申し訳ないことをした。彼らに代わって非礼を詫びよう」

「え……？」

慇懃(いんぎん)に頭を下げる政嗣に、霞は目をぱちくりさせた。用心している相手から謝罪され、思わず警戒心が緩みそうになってしまう。

「それでは少し早いが、夕食にしようか」

蔵之介が壁の時計を見ながら言うと、政嗣はこんな提案をした。

「だったら、食後に皆でジュースを飲まないか？」

「ジュース？」

「ああ。山梨から取り寄せた葡萄(ぶどう)ジュースだ。ワインでは、霞さんたちが飲めないだろう？」

政嗣の言葉に、霞はギクリと身を強張らせる。けれど、動揺を悟られるわけにはいかない。

「政嗣様、ありがとうございます」

霞は平静を装い、にこやかに会釈をしたのだった。

それから早めの夕食を済ませ、一同が一息ついていると、使用人がグラスを霞たちの前に置き始めた。政嗣の部下が細長いボトルを抱え、席を立つ。

「こちらは、私がお注ぎいたします」

そう言って、まずは蔵之介のグラスへ赤紫色の液体を注ぐ。その次は八千流、蓮と順番に回っていく。

そして霞のグラスにもジュースが注がれた時だった。雅が僅かに目を見開き、隣に座る霞の膝をこっそり叩く。

「……っ！」

妹の合図に、霞は僅かに表情を強張らせた。テーブルの下で、ぎゅっと握り拳を作る。

「うん、いい香りだ。たまにはジュースも悪くないね」

グラスに鼻を近づけて、蔵之介が頬を緩ませる。

「だろう？　お前ももう若くはないんだ。酒の量を減らしたほうがいい」

政嗣は笑いながら、全員のグラスにジュースが注がれたことを確認した。

「では、飲むとしようか」

「すまんが、私は満腹なのでパスじゃ」

雅がさりげなくグラスを自分から遠ざける。

その様子を見て八千流が溜め息をつく。

「雅さん……夕食を食べすぎです。後でジュースを飲むと、お話ししていたでしょう？」

「構わないさ、八千流さん。また買ってくればいいんだ」

呆れ顔の八千流を政嗣がなだめて、グラスを手に取る。

「では飲もうか。乾杯」

その言葉を合図に、蔵之介たちがグラスを傾けた。そんな中、霞は深呼吸をしながら、じっとグラスを凝視していた。

「お、おい、姉上。どうしたのじゃ？　早く飲まんか」

早く飲まないと、怪しまれるじゃろうが。チラチラと政嗣を見ながら、雅が姉を急かす。しかし極度の緊張状態にある霞には、その声は届いていなかった。

（酔った振りをすれば、何でも許される……酔っ払った振りをすれば、何でも……！）

涼しい表情でジュースを味わう蓮を一瞥し、霞はグラスを力強く掴んだ。そしてひと思いにジュースを口に含む。

口内に広がる芳醇な香り。甘みの中にも、微かな酸味を感じる濃厚な味わい。それを一切の躊躇いもなく、ゴクンと飲み干した。

「か、霞さんっ？」

いつになくワイルドな飲みっぷりの霞に、八千流が呆気に取られる。

「まさか霞さんがこれほど葡萄ジュースがお好きだとは……初めて知りました」

蓮が見当違いの発言をした直後、ガターンッと大きな音がした。霞が突如椅子から転げ落ちたのだ。

「姉上⁉　大丈……」

「ふっ、ふふふ……あはははは‼」

霞のタガが外れたような笑い声が響き渡る。

「姉上……？」

「あはっ、あっははははっ！　何だかすっごく楽しーっ！」

雅の呼びかけにも応えず、高笑いをしながら床をゴロゴロと転がっている。

「雅さんっ！　霞さんはいったいどうしたの⁉」

霞の奇行を目の当たりにした八千流が狼狽える。

「わ、私にもわからぬ……！」

「おーほっほっほっ！　蓮様ぁぁぁっ‼」

演技ではなく本気で雅が困惑する中、霞が蓮めがけて転がっていく。ゴンッと椅子の脚に勢いよく激突し、動きを止めた。

蓮が身を屈めて霞の顔を覗きこもうとする。

「……大きな音がしましたが、お怪我はありませんでしたか？」

「うふふ……ふふふ……」

霞がよろめきながら、ゆっくりと起き上がった。ゾンビのようなその動きに、息を呑む一同。

「蓮様っ、お覚悟をーっ！」

「お待ちなさい、霞さん！　あなた、蓮に何を……！」

八千流が制止する間もなく、霞が両手を上げて蓮に飛びかかった。

「蓮様はいつもお仕事をとーっても頑張っていらっしゃいますね〜。いい子、いい子」

そして蓮の頭をワシャワシャと撫でながら、褒め始める。まるで愛犬を愛でるような手つきに、蓮は目を瞬かせた。

「……ありがとうございます」

「うふふっ。蓮様、よーしよしよし」

拒絶されないのをいいことに、霞の行動はさらにエスカレートしていく。蓮の頬を両手で包みこみ、もにゅもにゅと揉み出したのである。

「霞さんっ！　お客様がいる前で何をしているのっ⁉」

八千流が霞のもとへ駆け寄り、暴走を止めさせようとする。しかし。

「えへへー。八千流様、いつもお優しくて大好きです」

「お、おだてても何も出ませんよ！」

そう言いながらも、口元が緩むのもこらえきれずにいる。

……そろそろ頃合いか。雅はちらりと自分のグラスへ目を向けた。訝しそうに
ジュースへ手を伸ばし、匂いを確かめる振りをする。

「本当にどうしたんじゃ、姉上。こいつを飲んだ途端、おかしくなって……むっ？」

一口飲むなり、雅は目を吊り上げて怒号を発した。

「このジュース……マタタビが入っておるぞ⁉　貴様、どういうことじゃ！」

「マタタビだって？」

激しい剣幕でつめ寄られ、政嗣が素知らぬ顔で訊き返す。

「しらばっくれるな！　姉上が突然おかしくなったのはそのせいじゃ！」

「いや、まさかそのようなものが混入しているとは……」

「言い訳など聞かぬ！　部屋に戻るぞ、姉上！」

雅が荒々しく席を立ち、八千流と頭を撫で合っている霞の腕を掴む。そして霞を引きずるようにして、ドアのほうへ連れていった。

「あははっ。皆さんおやすみなさーいっ！」

満面の笑みで、霞が片方の手を大きく振る。二人が去った後、ようやく大広間に静寂が訪れた。

「霞さん、大丈夫でしょうか」

「うーむ。一晩経てば、酔いは冷めるだろうが……」

「……」

霞を案じる蓮と蔵之介。八千流は何事もなかったかのように、無言で自分の席に戻った。

政嗣は空になった霞のグラスを見つめながら、考えすぎだったのだろうか、と安堵とも落胆ともつかない感情を抱いていた。

あの女に似ている。ただそれだけで疑いを持ったのは、早計だったかもしれない。

「で、政嗣？　君に限って、そんなことをするとは思えないが……」

蔵之介に懐疑的な眼差しを向けられ、首を横に振る。

「当然だ。彼女たちを愚弄するつもりはなかった。本当に何も知らなかったんだ」

その頃、自室に戻った霞は魂が抜け切ったような表情で、膝を抱えていた。

「わ、私、蓮様に嫌われちゃったかも……」

「まさか、あそこまではっちゃけるとはのぅ……だが、あれだけやれば、政嗣の目を欺くことが出来たじゃろ。グッジョブじゃ、姉上！」

　作戦の成功を確信して、雅はグッと親指を立てた。


　一夜明け翌日。

「おはようございます、霞さん。昨夜はあの後、大丈夫でしたか？」

「あ、はい……いろいろとご迷惑をおかけして、申し訳ありませんでした……」

　普段と変わらぬ態度の蓮に、霞は蚊の鳴くような声で謝罪した。

　そこへ政嗣が思案顔で近づいてくる。

「霞さん、昨晩は本当にすまなかった。君たちを快く思わない者たちが、ジュースにマタタビを仕込んだ可能性がある。必ずや犯人を突き止めよう」

「いえ。お気になさらないでください」

　深々と腰を折る政嗣に、霞はぎこちなく微笑みながらお辞儀をした。その隣で雅が「フン、白々しい」と鼻を鳴らす。

「そんなこと言っちゃダメだよ、雅」

　妹をたしなめながらも、霞は内心ほっと胸を撫で下ろしていた。これで政嗣の疑念は晴れただろう。

　若干気まずい空気が流れる中、一同は食卓についた。

「げっ……」

小鉢に入った葉野菜のお浸しを見るなり、雅が顔を歪める。それを避けて、他のおかずに箸をつけた。

一方、霞はそのお浸しを美味しそうに口に運んでいた。

「あ、姉上……っ！」

「え？　どうしたの？」

急に椅子から立ち上がった雅に、霞がきょとんと首を傾げる。その反応に、雅は我に返った。

「い、いや、何でもない」

平静を装って座り直しながら、政嗣を一瞥する。こちらの様子には気にも留めず、黙々と食べ進めていた。

「お行儀が悪いですよ、雅さん」

「へいへい」

八千流の小言を受け流して、味噌汁を啜る。

今のはいったい何だ？　東條雅は何に焦っていた？　と政嗣が探るような眼差しを向けているとは気づかずに。

献立に何か問題があるのだろうか。考えを巡らせながら、食卓に並べられた料理を確認していく。

ご飯、味噌汁、焼き魚、出汁巻き卵、葉物のお浸し……

（……ん？）

政嗣は葉物を箸で摘まみ、まじまじと観察してから口に入れた。

一見ニラのように細長い形状をしているが、蜜柑に似た爽やかな風味がする。それが昆布出汁の利いた調味液とよく合う。

美味いと感じるものの、初めて食べる味だ。

政嗣はこっそり姉妹の小皿を見比べた。霞はお浸しを完食しているが、雅は手をつけていない。

単なる好き嫌いだろうか。だが先ほど雅は、お浸しを食べる姉を見て狼狽していた。

朝食後、政嗣は厨房に赴いた。食器の後片づけをしている使用人へ声をかける。

「君。朝食で出されたお浸しについて、少し聞きたいのだが……」

「もしかして、柑緑菜（かんりょくな）のことでございますか？」

使用人が振り向きざまに尋ねる。

「……柑緑菜？」

聞き慣れない名称だった。

「はい。蜜柑のような香りのする珍しいお野菜なんです。炒めたり煮こんだりすると風味が消えてしまうので、さっと茹でてお浸しにすると、美味しくいただけるんですよ」

「そうか。いいことを聞いたよ、どうもありがとう」

政嗣は使用人に礼を述べ、厨房を後にした。

客室に戻った政嗣はパソコンを起動させ、柑緑菜に関する情報を検索する。

「……やはりそういうことか」

一件のサイトに辿り着いた。

――柑緑菜はネギ科ネギ目の野菜で、毒性はなく栄養価が高いとされている。柑橘類に似た独特の匂いを持ち、猫又族が苦手な食材の一つである。

その記述に、政嗣の表情が険しくなる。

直後、テーブルに置いていたスマホが振動した。差出人は、例の調査を任せた部下だった。

「私だ。何かわかったか？」

『それが、その……』

言い淀む部下に、政嗣が苛立たしそうに催促する。

「どうした。早く報告しろ」

『も、申し訳ありません。……単刀直入に申し上げます。東條霞を養子に出した親戚は、存在しませんでした』

「それは確かなのか？」

『はい。念のため、東條家と親交の深い家もすべて調べてみましたが、間違いありません。ですが、それ以上のことは……かつて屋敷で働いていた元使用人も口が堅く、何も話しませんでした』

部下がほとほと困った口調で調査内容を語る。

「そうか。ご苦労だったな」

政嗣は部下に労いの言葉をかけ、通話を切った。その脳裏には、ある光景が浮かんでいた。

先日の食事会で目にした、霞の右脚にあった大きな傷跡。

（他の者たちは、気づいていなかったようだが……）

鬼族には劣るものの、猫又族は身体能力が高いだけではなく、傷の治りも早いと聞く。あのような痕が残るはずがない。

東條霞は猫又族ではない。だとすれば――

警鐘を鳴らすかのように、心臓が激しく脈打つ。政嗣は手を震わせながら、ある者たちに緊急招集をかけた。

会合の場所は、とあるホテルの一室だった。政嗣の報せを受けて集まった男たちは、一様に戸惑いの表情を浮かべていた。

「『あの時』の赤子が生きていたというのは、間違いないのか?」

「ああ。偶然にしては、母親と顔が似すぎている。それに、あの赤子が生きていれば今年で十八歳……年齢も一致する」

仲間の質問に政嗣が根拠を述べると、彼らの顔が一層強張った。

「そんなバカな……まさか今までずっと東條家が匿っていたとは」

「化け猫風情が……いや、ちょっと待て。蔵之介や蓮は、このことを知っているのか?」

男の一人が不安を隠し切れない様子で言う。その懸念は瞬く間に仲間たちに広がった。

「東條家や本家の連中と協力して、我々に復讐しようとしているのでは……」

「十八年経って今さら親の仇討ちか? 冗談じゃないぞ!」

「落ち着け!」

政嗣が怯え戸惑う彼らを一喝し、室内がしんと静まり返る。

「東條霞は自分が何者であるか、理解していない可能性がある。それに、『能力』を持っているとは限らん」

「か、隠しているだけではないのか？　我らの寝首を掻くつもりなのかもしれないぞ」

男の一人が詰るような眼差しで見てくる。こうして怯えていても仕方ないだろうに。

政嗣は煩わしそうに息を深く吐き、提案した。

「それなら、能力の有無を確かめるまでだ」

「確かめる？　どうするつもりだ、政嗣」

「東條雅だったか。あの猫に一服盛ってみようと思う」

事もなげに言う政嗣に、男たちは愕然とした。

「正気か⁉　万が一、それで東條家の娘を殺めてしまったら、どうするつもりだ⁉」

「致死率の低い毒を使えばいい。当主が一枚噛んでいるとしたら、何かしらの反応も見られるだろう、どうだ、一石二鳥だとは思わんか？」

政嗣の言葉に異を唱える者は誰もいなかった。

同じ頃、雅はスマホもいじらず、硬い表情で思案に暮れていた。

「雅、どうしたの？　何かあった？」

「う、うむ。先ほど姉上は、美味そうにお浸しを食べていたじゃろ？　あれに使われていた葉物のことなんじゃが……」

珍しく歯切れの悪い口調で切り出す雅だったが、霞は先ほどの食事を思い出して、ぱっと顔を明るくする。

「うん！　あのお浸し、とっても美味しかったね。蜜柑の汁でも入ってたのかな？」

うれしそうに語る霞に、無言で天井を仰ぐ。

(まあ、鬼ボンたちも怪しんでいなかったし、大丈夫か……？)

とはいえ、思わぬ形でボロを出してしまったと、雅は自らの不注意さを悔やんだのだった。

第五章　目覚める、白

霞と雅が鬼灯家にやってきて数ヶ月。肌寒さの残る春が過ぎ、連日のように雨が続く梅雨も終わりを告げ、季節は夏本番を迎えようとしていた。

庭から聞こえてくる蝉の鳴き声を聞きながら、霞は自室のベッドに臥せっていた。その傍らでは雅が険しい表情で腕組みをして、じっと時間が過ぎるのを待っている。

「あの……雅？　私なら大丈夫だから、部屋に戻っていいんだよ」

「ならぬ、姉上の一大事じゃぞ。呑気にゲームなんぞしとる場合ではないわ！」

一大事って、風邪を引いちゃっただけなんだけどな。心配性な妹に、霞は真っ赤な顔で笑みを零した。

霞が体調を崩したのは数日前。初めは少し気だるい程度だった。けれど、みるみるうちに悪化していき、ついに高熱で授業中に倒れてしまったのである。

ピピ、ピピピと脇に挟んでいた体温計が鳴った。取り出して確認しようとするが、「私が見る」と雅に素早い動きで奪われてしまう。

「三十九度……一向に下がらんのぅ」

雅は小さな声でぽつりと呟き、姉の額に貼りつけていた冷却シートを剥がした。そして新しいシートをペチンと貼りつける。

「雅、ありがと。ひんやりして気持ちぃー……」

額を覆う冷たい感触に、霞が心地よさそうに吐息を漏らす。

「何か食いたいものはあるか？　そうじゃ、林檎でも剥いてやろうかのぅ」

「えっ。い、いいよ、要らない」

首をブンブンと横に振る姉に、雅は不服そうに口をへの字にする。

「失敬な。そんなに嫌がらなくてもいいじゃろが」

「だって雅、包丁なんて握ったことないでしょ？」

調理実習もいつもサボってばかりだと、雅の担任が嘆いていた。そんな妹に林檎の皮剥きは、ハードルが高すぎる。

しかし雅は、チッチッチと人差し指を左右に振って言った。

「心配はいらぬぞ。私の能力で皮をベリベリッと剥いて、適当な大きさに切るだけじゃからな」

「念動力ってそんなことにも使えるんだ……」

純血故に、何の異能も持たない霞にとっては、ほんの少し羨ましい話である。その多彩な用途に感心していると、ドアをノックする音が聞こえた。

「霞くん、体調はどうだい？」

訪問者は蔵之介と八千流だった。蔵之介が柔らかな口調で霞の容体を聞く。

「は、はい。とっても元気で……」

「嘘じゃ。先ほど熱を計ったら、三十九度あったぞ」

上体を起こそうとする霞を抑えながら、雅が報告する。

「そうか。まだもう暫く横になっていなさい」

「ですが、私ずっと寝てばかりで、何もお仕事していませんし……」

ベッドの中でしょんぼりと落ちこむ霞に、蔵之介の後ろに控えていた八千流が口を開く。

「霞さん、病人は安静にしているのがお仕事です。あなたは、普段から動いてばかりなのですから、たまにはゆっくりおやすみなさいな」

「八千流様……ありがとうございます」

「別にあなたを気遣ったわけではありません。それから、雅さん。あなたはいい加減自分の部屋にお戻りなさい」

「断る。姉上は風邪など今まで一度も引いたことがなかったのじゃぞ。心配でおちおち勉強もしていられぬわ」

「あなたが勉強しないのは、いつものことでしょうが……」

病人の前だからか、雅と八千流の口喧嘩も若干静かだ。平和ではあるものの、何だか物足りなく感じる。

布団の下でふふっと笑っていると、雅にジロリと睨まれる。

「こら、姉上。何を笑っておるんじゃ」

「バレちゃった？」

「まったく……じゃが、この調子では明日までに熱は下がりそうにないのぅ」

「え？　明日って何かあったっけ？」

思い当たる節がなくて目をぱちくりさせる姉に、雅が「マジか⁉」と呆れたような声を上げる。

「何を忘れとるんじゃ。明日は姉上の……」

雅の声を遮るように、再びドアをノックする音がした。八千流が手配した医者がやってきたのである。

「うーん。発熱に倦怠感、食欲不振……それに加えて、喉にも少し炎症があるようですし、これは……」

「じ、焦らすでない！」

聴診器を首にかけながら言い淀む医者を、雅がもどかしそうに急かす。

「いいえ。おそらくはただの風邪でしょうね」

姉上は風邪ではないのか⁉

「何じゃ……ビビらせおって」

「ですが、薬があまり効いていないようですね。このまま熱が下がらないのであれば、大きな病院で検査していただいたほうがいいかもしれません」

安堵したのも束の間、医者の言葉に雅は息を呑んだ。

「お、鬼婆……今すぐ姉上を病院に連れていくぞ！」

「落ち着きなさい、雅さん。熱が下がらなければと言われたでしょう？」

「むぅ……」

八千流にたしなめられ、渋々といった体で引き下がる。

その様子を見て霞は微笑んだのだった。

その夜、霞は夢を見ていた。

墨色の空にぽっかりと浮かぶ白い月。虹色の暈を纏ったそれは、延々と連なる朱色の鳥居を静かに照らしていた。

「オボロ、おいで」

どこからか女性の声がする。その呼びかけに導かれるようにして、鳥居の回廊を進み続ける。

待って、私を置いていかないで。一人にしないで……

ひどい孤独感に苛まれ、目に涙が滲む。その理由もわからないまま、緩やかだった歩調を速めていく。

だが、すべての鳥居を抜けて辿り着いた先には、何もなかった。誰もいなかった。

どうしようもなく悲しくて、苦しくて。

霞はその場にしゃがみ、幼子のように泣きじゃくる。

「泣かないで。オボロ、ごめんね。ごめんなさい」

再び聞こえたその声に、弾かれたように顔を上げた時だった。

金色の鱗粉を纏った白い光が、霞の目の前にふわりと舞い降りる。両手でそっと包みこむと、それはほんのりと温かい。そして霞の手をすり抜け、胸の中へ吸い寄せられるように入っていった。

「オボロ」

今度は男性の声だった。背後を振り返るが、やはりそこには誰もいない。

直後、黒い光が銀色の鱗粉を纏わせながら、ゆっくりと降下してきた。先ほどの白い光と違い、掌に載せると氷のように冷たい。

そして、同じように霞の中へ吸いこまれていった。

霞がゆっくりと瞼(まぶた)を開くと、室内は薄暗かった。

まだ夜が明け切っておらず、カーテンの隙間から青藍色(せいらんしょく)の空が見える。遠くから小鳥のさえずりが聞こえた。

（……誰かが手を握ってくれてる？）

優しく包みこまれている感触。

雅だろうかと、ベッドの傍らを見る。すると、ここにいるはずのない青年と目が合った。

「霞さん、おはようございます」

「……おはようございます」

寝起きのせいか、まだ頭がぼんやりとしている。ベッドから起き上がりながら、霞は掠れた声で挨拶を返した。

「蓮様……どうしてこちらに？」

「雅さんが今晩は夜通し霞さんに付き添うと、夕食の時におっしゃっていました。なので仕事の合間に、見に来てみたのですが……」

蓮は一旦言葉を切り、自分の隣に視線を向ける。

そこには、蓮の用意した肌かけ布団の中で、猫のように丸まって眠る雅の姿があった。食べ物の夢を見ているのか、口がもごもごと動いている。

「……もしかして、雅の代わりに私を見守ってくださったのですか？」

「はい」

「ご、ご迷惑をおかけして、申し訳ありませんでした……！」

こんな形で、好きな人に寝顔を見られてしまうなんて！　羞恥のあまり、霞の体がぷるぷると震え出す。

眠気など完全に吹き飛び、顔が燃えるように熱い。それに、右手もずっと握られたまま。

「あ、あのっ。もう大丈夫ですから、そろそろ手を離していただけますと……」

男らしい角張った手と、自分よりも少し低めの体温。そして夜明け前の薄暗い部屋の中で、実質二人きり。

ドッドッドッと心臓が激しく高鳴り、今にも破裂しそうだ。

「……霞さん」

「ふぁ、ふぁい」

手を離すどころか、強く握り締められて霞はビクッとした。こちらをじっと見据える瞳から、目を逸らすことが出来ない。そして――

「誕生日おめでとうございます」

「え？」

　ぽかんと口を開く霞に、蓮が不思議そうに小首を傾げる。

「本日ですよね？　霞さんのお誕生日……」

「…………あっ！」

　霞は遅れて声を上げた。昨日雅が言いかけていたのは、このことだったのだろう。

「すみません、すっかり忘れていました！」

「気にしないでください自分の誕生日を忘れるなんて、よくあることですから」

「そうでしょうか……？」

　その発言に違和感を覚えるが、確かに蓮はそういうことにあまり頓着しそうではない。それはそれで寂しいような気がするのだが。

「……誕生日に変な夢見ちゃったな」

「夢？」

　蓮が霞の呟きを拾う。

「はい。はっきりと覚えてるわけではないのですが……」

　霞がぽつりぽつりと夢の内容を語り始める。蓮は合いの手を入れることなく、黙って霞の話に耳を傾けていた。

「霞さんは、声の主やオボロという名に心当たりはあるのですか？」

　話し終えた霞に、蓮がそう質問する。

「いえ、何も。……だけどいつくしむような、優しい声でした」

彼らにとって『オボロ』は、何にも代えがたい大切な存在だったのだろう。瞼（まぶた）を閉じて彼らの声を思い返すと、なぜか切ない想いが胸の奥に広がった。


数時間後。雅と八千流は、ベッドの中にいる霞を厳しい顔つきで見つめていた。程なくしてピピピとアラーム音が鳴り出し、八千流が「霞さん」とおもむろに手を差し出す。

「は、はい」

霞は恐る恐る体温計を手渡した。

「……三十六度五分。平熱です」

八千流が数値を読み上げると、雅はふぅーと深い溜め息をついた。

「誕生日当日に熱が下がるなど、妙な偶然もあるものじゃな」

「ですが、念のために暫くは安静にするように。パーティーもとりあえず一週間後に延期しましょう」

八千流が体温計をケースにしまいながら言う。

「え？　何かお祝い事があったのですか？」

きょとんとした顔で尋ねる霞に、雅と八千流は嘆息した。

「そんなの、姉上の誕生日に決まっとるじゃろ……」

「こういう自分に無頓着なところも、蓮にそっくりだわ……」

霞は大事をとって二、三日学校を休むことになった。


再び熱がぶり返すこともなく、あっという間に誕生日パーティーの当日。

「母上はともかく、父上まで来ないとはどういうことじゃ！　娘の誕生日じゃぞ⁉」

両親がパーティーに出席しないと知り、雅は地団駄を踏んで憤慨していた。

「仕方ないよ、雅。お父さんたちだって、仕事で忙しいんだから」

父の慎太郎は、取引先の会食に出席するそうだ。母の薫もそれに同伴するらしい。

本当は霞だって両親に会いたい。けれど、そんな我儘を言って両親を困らせたくはなかった。

「それに……ほら。お父さん、誕生日プレゼント送ってきてくれたんだよ」

「む？　これは……ほほぉ。なかなか洒落とるのぅ」

細長いケースに収められていたのは、桜の花の模様が入った可愛らしいデザインの万年筆だった。

「しかし父上にしては、随分とセンスがよいな。何の変哲もない真っ黒なものを選びそうじゃが……いや待てよ？　もしかすると、こいつは――」

雅の言葉を遮るように、外で耳をつんざくような雷鳴が轟いた。

「わっ、びっくりした」

霞は目を瞬かせながら、窓の外へ目を向けた。分厚い雲が夜空を覆い、大粒の雨が激しい音を立てて降り続けている。

「夕方まであんなに天気がよかったのに……あれ？　雅？」

いつの間にか妹の姿が消えている。しかしよく見ると、机の下で膝を抱え、ぷるぷると小動物のように震えていた。

「か、雷はっ、やかましくて嫌いじゃ……っ」

教師たちの間で怪獣と恐れられる妹も、雷だけは大の苦手だった。がっしりとしがみついてくる雅を連れ、霞は大広間に向かう。すると。

「おおーっ！　どれも美味そうじゃな！」

雷への恐怖を忘れ、雅がキラキラと目を輝かせる。

ローストビーフ、ブイヤベース、夏野菜のテリーヌ、雲丹のクリームパスタなど。テーブルには料理人たちが、腕によりをかけて作った豪華な料理が並んでいた。

「霞さん」

背後から声が聞こえ、霞はギクリと顔を強張らせた。

「政嗣……様」

霞が猫又族であるかを疑い、その正体を暴こうとした男。彼も本日のパーティーに招かれていた。

「誕生日おめでとう。君にとって、よい年になることを願っている」

「はい。ありがとうございます」

上辺だけの言葉だとわかっていても、霞は笑顔で会釈した。

しかし雅は探るような眼差しで、口を開く。

「おい、政嗣とやら。ジュースにマタタビを入れた犯人はわかったのか？」

「いや。ある程度までは絞りこめたが、決定的な証拠を掴めずにいる。もう暫く待っていてほしい」

切り返しながら、政嗣は雅と視線を交わした。そして「では、失礼」と二人から離れ、自分の名のプレートが置かれている席に腰を下ろす。

「姉上。あの男には気を許すでないぞ」

「うん。わかってる」

小声で耳打ちする雅に、霞は小さく頷く。

マタタビジュースの一件は何とか切り抜けられたが、政嗣がいまだに諦めていない可能性がある。それに、霞の素性を探っていた目的もはっきりしていない。

もやもやした気持ちを抱えながらも、霞のパーティーは始まった。

「霞お嬢様。十八歳のお誕生日おめでとうございます。ご健康とご多幸を、心よりお祈り申し上げます」

暫く経つと親戚が霞の席に集まり、代わる代わる祝いの言葉を述べ始めた。

「あ、ありがとうございます……」

東條家にいた頃は、これほど盛大に祝われることなどなかった。内心気疲れしながらも、霞は一人一人に丁寧にお辞儀をしていた。

「それで蓮様と霞お嬢様は、いつ祝言を挙げられるのですか？」

「しゅうげん、ですか？」

聞き慣れない言葉を、霞が不思議そうに復唱する。

「簡単に言うと、結婚のことじゃ」

隣で頬杖をつきながら、そのやり取りを見ていた雅がそう言って、ローストビーフを口いっぱいに頬張る。

「け、けっこ……っ！」

唐突すぎて霞は固まった。だが言われてみれば、それを疑問に思うのは当たり前なのかもしれない。

霞は蓮の許嫁であって、その霞が婚姻が可能となる十八歳になったのだから、明日結婚しても不思議ではないのだ。

「霞さんはこの屋敷に来てからまだ日が浅いです。鬼灯家のしきたりや作法を学んでいただきますので、婚姻は暫く先の話になります」

質問に答えたのは、向かい側の席に座っていた蓮だった。霞もコクコクと頷いて、婚約者に同調する。

「左様でございますか。その時を楽しみにしております」

「はい……っ」

蓮に相応しい花嫁になれるよう頑張らなくては。霞は決意を新たにした。

「皆さん、そろそろデザートをいただきましょうか」

頃合いを見て、八千流が霞たちにそう呼びかけた。霞のもとに集まっていた親戚たちも、自分の座席に戻る。

使用人たちが空になった食器を下げ、透明な器に盛られたデザートを運んできた。

紅茶のスポンジ生地に桃のムースを載せたケーキで、上にちょこんとミントの葉が添えられている。桃が好きな霞のリクエストを聞き、料理人が作ったものだ。

「それでは、いただきます」

期待に胸を膨らませながら、霞はケーキを口に運んだ。

口の中に広がる上品なアールグレイの香り。ミルク風味のムースには角切りにされた桃の果肉が入っていて、とってもジューシー。けれど甘さが控えめなので、さっぱりとしていて食べやすい。食後のデザートに相応しい一品だ。

（ああ……すごく美味しい……っ）

霞が嬉々として、二口目を食べようとした時である。隣からカシャーンッと耳障りな金属音がした。

「うっ……ぐぅ……!?」

スプーンを床に落とした雅は大きく目を見開き、片手で喉元を抑えている。

「み、雅？　どうしたの？」

ただならぬ様子に、霞が不安そうに妹の顔を覗きこむ。直後、雅はガクガクと全身を震わせながら、椅子から転げ落ちた。

「雅っ!?」

霞の叫び声が大広間に響き渡る。真っ先に異変を察した蓮が雅に駆け寄った。

「雅さん、大丈夫ですか。雅さん！」

「ぐっ、ぁ……っ」

切羽(せっぱ)つまった声で呼びかける。

だが雅は苦悶(くもん)の表情で、乱れた呼吸を繰り返すばかりだった。

「こ、これはいったい……」

突然の事態に親戚たちが狼狽(うろた)える中、蔵之介は雅が先ほどまで食べていたケーキに目を向けた。

「毒か……！」

その一言で、室内の空気が凍りつく。

「この天候のせいで、救急車の到着は遅れるそうです。よりによってこんな時に……」

雅の異変にすぐに気がついたのだろう、八千流は通話を終えたスマホを握り締め、窓の外を睨みつける。

「雅、雅っ！　しっかりして……っ！」

目に涙を浮かべ、霞は必死に妹の名前を呼び続ける。だが次の瞬間、雅の体が一際大きく痙攣し、口元から赤黒い血が流れ出した。

「あ……あぁ……」

衝撃的なその光景を目の当たりにして、霞の頭の中が真っ白になる。

みるみるうちに容体が悪化していく雅に、政嗣は内心困惑していた。

死なない程度に東條雅に、毒を盛れと命じたはずだ。誤って毒の量を多くしてしまったのだろうか。しかしそれを確かめたところで、どうにもならない。怒りと焦燥感で、無意識に小さく舌打ちをする。

「救急車を待ってなどいられません。僕が雅さんを病院に連れていきます」

そう言って、蓮が雅の体を抱きかかえる。

「み、雅が……雅が死んじゃう……」

「霞さん？」

「雅……私が守ってあげなきゃいけなかったのに……」

霞は力なく項垂れ、うわ言のようにぶつぶつと呟き続けていた。蓮が憐れむように、一瞬だけ眉を寄せる。

「大丈夫。雅さんは必ず助かります」

短く告げて、雅を抱えたまま立ち上がろうとする。ピクリと、床に投げ出されていた雅の右手が動いた。

「あ……ね……うえ……」

「……っ！」

消え入りそうな声で呼ばれ、霞は我に返って顔を上げた。

意識が朦朧としているのか、虚ろな表情をした雅と目が合う。

そして、血に濡れた唇がゆっくりと弧を描く。「私なら大丈夫だから、心配するな」という妹の声が聞こえた気がして、霞の大きく見開いた瞳から涙が零れ落ちた。

何よりも大切な妹の命が、失われようとしている。なのに自分は取り乱すばかりで、何もしてあげられない。

それが悔しくて、情けなくて……その無力さに、怒りすら込み上げてくる。

――私の『力』なら、雅を救えるはずなのに。

なぜかそう思った瞬間、霞の体が白い光に包まれた。

「霞さん……？」

「……」

蓮の呼びかけに応えることなく、霞はぼんやりとした表情で雅へ右手を伸ばした。

青ざめた頬に優しく触れながら、瞼（まぶた）を閉じる。

純白の光が、毒に冒された体に少しずつ流れていく。まるで自らの生命力を妹に分け与えているかのようだ。

その神秘的で美しい光景を、蓮たちは息をするのも忘れて見入った。

やがて光はゆっくりとぼやけていき、すっかり消えると、霞はきょとんと目を丸くした。

「あれ？　私何をして……って、雅……っ！」

すぐに状況を思い出し、慌てて雅の顔を覗きこむ。

「姉上……うぐっ」

雅が苦虫を噛み潰したような表情で、口元を抑える。

「雅、頑張って！　今、蓮様が病院に連れていって……」

「……口の中が血まみれでゲロマズじゃ。姉上、水を飲ませてくれ」

「え？　う、うん」

テーブルの上にあったグラスを手渡すと、雅は一気に呷(あお)った。だが、眉間に寄った皺(しわ)はますます深くなる。

「駄目じゃ、全然口直しにならん。先にうがいをしたほうがよかったかのぅ」

血の味に顔を顰めているものの、血の気を失っていた頬はすっかり赤みを取り戻していた。

「雅さん？　お体は大丈夫なんですか？」

「……見ての通りじゃ。死ぬほど苦しくて血まで吐いていたのに、それが嘘のように治まっておる。私もいったい何が起こったのか……」

蓮の問いかけに答えながら、雅は気怠そうに体を起こした。

その姿を見て、霞の両目からボロボロと止めどなく涙が零れる。

「み、みや、雅が生きてる……」

「うむ。ピンピンしとるぞ、ガハハ！」

「よかった、本当によかっ……うわぁぁぁんっ！」

霞は高笑いをする妹に抱きつくと、堰を切ったように泣き出した。雅はぎょっと目を見開きながらも、霞の背中に両腕を回す。

「……心配させてすまなかったな、姉上」

「うん……っ」

霞が首をブンブンと縦に振る。

「……何だったんだ、今のは」

「猫又族の念動力で、体を治癒したというのか……？」

親戚たちが口々に疑問を口にする中、蔵之介が蓮に歩み寄る。

「蓮。二人を連れて、この場から離れなさい」

霞に奇異の目を向ける親戚たちを一瞥し、蓮は頷いた。

「わかりました。雅さん、歩けますか？」

「問題ない。行くぞ、姉上」

「あっ。ちょっと雅⁉」

雅が霞の腕を掴み、足早に大広間から出ていく。蓮も一礼して、二人の後を追う。

「く、蔵之介様。霞お嬢様のあのお力は……」

「そんなことよりも」

おずおずと尋ねようとする男を遮り、八千流が鋭い口調で言う。

「まずは毒を盛った犯人を捜すことが先決です。無論、あなた方の中に潜んでいる可能性もあります」

冷ややかな眼差しを向けられ、親戚たちは表情を引き攣らせた。

大広間に厨房の使用人たちが集められる。八千流に事件のことを説明されると、一様に怯えた表情をした。

「さて、これで全員でしょうか？」

「い、いいえ……デザートを大広間へ運んでいた者がいません。先ほどからずっと姿が見えなくて……」

使用人の一人が青い顔で答える。

「……そうですか。その者が下手人と見ていいでしょう。直ちに捜索を――」

「その必要はありません」

険しい表情で厨房にやってきたのは黒田だった。

「裏庭で頸動脈を切り裂かれた死体を発見しました」

「凶器は？」

「いいえ。見つかっておりません」

八千流の問いかけに、黒田が簡潔に答えた。

急所を切られており、その凶器が現場から発見されていない。つまり自死したのではなく、誰かに殺されたのだろう。

「口封じで始末されたのでしょうね。……下劣な真似を！」

八千流が険のある声で吐き捨てると、近くに置かれていた花瓶にビシッと亀裂が走った。

その頃、霞たちは蓮の部屋に避難していた。

「雅、本当に大丈夫なの？　どこか苦しいところはない？」

「だから、もう平気だと言っとるじゃろ。しつこいのぅ」

口ではそう言いながらも、姉に心配されて雅は満更でもない様子だった。口元が緩んでいる。

「しかし、えらい目に遭ったな。ケーキを食べてすぐに息が苦しくなったぞ」

「……詳しく調べてみないと断定は出来ませんが、即効性の毒物が仕込まれていたのでしょう」

蓮の言葉に、霞はぞっとした。苦しそうな表情で吐血する妹の姿が脳裏に蘇り、恐怖がぶり返す。

「しかし、なぜ私は助かったのじゃ？　姉上が突然光り出す幻覚を見たような気が……」

「幻覚ではありません。実際に光っていました」

顎に手を当てながら訝しむ雅に、蓮が言った。

「ひ、光ってた？　私がですか⁉」

霞がぎょっとして自分を指差すと、雅と蓮は同時に頷いた。

「うむ。派手にライトアップされておったぞ」

「……僕の目には、その光が雅さんを癒したように見えました」

「なるほど。つまり姉上が私を助けてくれたのか」

うれしそうに相槌を打つ雅だが、当の霞は当惑していた。

「で、でも、私はあの時のこと、よく覚えていなくて……」

おぼろげな意識の中、雅の頬に触れたことだけはかろうじて記憶に残っている。自分ではない自分が体を動かしているような奇妙な感覚だった。

「……霞さん、そちらは何ですか？」

何かに気づいた蓮が身を乗り出して尋ねる。

「はい？」

「その右手にあるものです」

そう言われて、霞は視線を落とす。すると右手の甲に、植物の蔦のような白い文様が刻まれていた。

「た、大変じゃ。姉上が非行に走ってしまった。父上に何と説明すれば……」

それを刺青と勘違いした雅の表情が曇る。しかし文様は、三人の目の前で少しずつ薄れていき、最後には跡形もなく消えた。

「もしかすると、先ほどの白い光と関係しているのかもしれませんね」

蓮は霞の右手を注視しながら、推論を述べた。

「ま、謎の姉上パワーのことはひとまず置いておいて、今は毒を盛った犯人捜しじゃ。……と言っても、実行犯の目星はついているがの」

「そうなの⁉」

驚愕（きょうがく）で目を大きく見開く姉に、雅が肩をすくめる。

「毒はデザートに盛られていたのだぞ？　であれば、真っ先に疑うべきは厨房を担当している使用人じゃろ」

「あ、そっか……」

「問題は、なぜ私が狙われたのかじゃ。鬼ボンと姉上の結婚を阻止するのが目的だとしても、普通は姉上を標的にするのではないか？」

「それじゃあ……他に目的があるってこと？」

その問いに無言で頷く雅を見て、霞の表情が硬くなる。

「僕も雅さんと同意見です。せめて、その動機がわかればよいのですが……」

「……一つだけ心当たりがあります」

蓮の顔をまっすぐ見据えながら、霞は言った。雅が「姉上？」と不思議そうに呼ぶ。

「実は以前、ある方が私が猫又族であるかを確かめようとしたことがありました」

「あ、姉上⁉　何を言っておるんじゃ！」

突然告白し始めた姉に、雅は目を見張った。咄嗟に姉の口を塞ごうとするが、それを片手で制して霞は言葉を継ぐ。

「……そして私は猫又族ではなく、純血の人間です。今まで隠していて、申し訳ありませんでした」

霞はすべてを告白すると、床に両手をついて蓮の前にひれ伏した。

もし政嗣が自分の正体を探っていたことと、今回の事件が関係しているとしたら雅だけではなく、蓮をはじめとする本家の人々に危害が及ぶ恐れもあるのだ。

これ以上、隠すわけにはいかない。

純血だと蓮に知られ、軽蔑されたとしても。

……怖い。

好きな人に拒絶されるかもしれない恐怖で、顔を上げることが出来ない。震える両手にぎゅっと力を入れて、何とか耐えようとする。

「やはりそうでしたか」

しかし予想に反して、上から降ってきたのは落ち着いた声だった。

……やはり？　霞が「えっ」と顔を上げると、平然とした表情の蓮と目が合う。

「あの……もしかして、お気づきになっていたんですか？」

「はい。以前開かれた食事会を覚えていますね？　あなたが足をかけられ転んだ際に足の傷跡が見えて、もしやと思っていました」

「く、蔵之介様と八千流様には、このことは……」

「おそらく両親も、その時に気づいたと思います」

「そ、そんな……っ！」

実はとっくにバレていたという衝撃の事実に、霞は陸に打ち上げられた魚のように口をパクパクさせた。

「お前たち……どういうつもりじゃ？」

雅が眉間に皺を寄せながら問いかける。

直系の子でないうえに、純血の人間。そんな者を許嫁として迎えるメリットなど鬼灯家にはない。

すぐさま霞を屋敷から追い出し、当初の予定通り雅と婚約を交わすことも出来たはずだ。にもかかわらず、東條家の『嘘』に付き合い続けていたのはなぜか。

「……この数ヶ月間、ずっと霞さんを見続けてきました」

蓮はまっすぐ霞を見つめながら、おもむろに口を開いた。

「あなたは誰に対しても優しくて、何事にも一生懸命で素晴らしい方だ。霞さんが何者であろうと、僕はその考えを変えるつもりはありません。両親もそう思っているはずです」

「……」

「もし、純血という理由だけであなたを傷つけようとする者がいるのなら、僕が霞さんをお守りします。――あなたの許嫁として」

蓮の両手が霞の右手をそっと握り締める。

「蓮、様……」

蓮の言葉と体温に、胸の奥が火傷してしまいそうなほど熱くなる。

蓮は霞に親愛の情を向けているだけであって、恋をしているわけではないだろう。双方の感情には、決定的な隔たりがある。

そうわかっていても、初恋を覚えたばかりの心は歓喜に震えた。成就するのかわからない恋だというのに、想いは一層強くなる。

愛に果てなど存在しない。どんどん深みへ落ちていくものだと、霞は思い知った。

一方、客室で待機するようにと命じられていた政嗣は、椅子に座って項垂れていた。

「ふふ……ふふふ……っ！」

くぐもった笑い声を上げながら、小刻みに肩を揺らす。その瞳は爛々と輝いていた。

「ようやくだ。ようやく神城家の娘を見つけたぞ……！」

一度動き始めた運命の歯車は、止まることを知らない。

そして破滅の夜が訪れる。

第六章　あなたと二人きり

「今朝はベーコンエッグにパンか。それとデザートは……メロンとな⁉　朝っぱらから豪勢じゃのぅ」

一口大にカットされて器に盛られているメロンを見て、雅が声を弾ませて言う。

「こちらはどうなさったのですか？」

「農家を営んでいる黒田の実家から送られてきたものです」

霞が尋ねると、八千流はどこかうんざりした表情で答えた。その様子を、雅が訝しむ。

「何じゃ。鬼婆はメロンが嫌いなのか？」

「嫌いというわけではありませんが……毎年この時季になると、定期的かつ大量に送られてくるのですよ。黒田が断っても、『遠慮するな』の一点張りです」

「……」

「喜びなさい、雅さん。当分の間、デザートはメロンです」

「お、おう。望むところじゃ」

嫌とは言えない雰囲気だった。雅は頬を引き攣らせながら応じた。

「霞さん、すみません。数週間の辛抱なので、耐えてください」

「数週……」

蓮から恐ろしい宣告をされて、霞は絶句した。重苦しい空気が漂う中、蔵之介が作り笑いで言う。

「これも鬼灯家の宿命だ。どうか受け入れてくれ」

「は、はいっ」

宿命という単語の重さに、霞は背筋を正して頷いた。

「それと霞さん。少し話があるから、後で私の部屋に来てもらえるだろうか。蓮と雅さんも一緒に」

蔵之介は一瞬廊下へ目をやりながら、言葉を継いだ。ここでは話せない内容なのだろう。霞は表情を硬くして頷いた。

朝食後、霞たちは蔵之介の執務室に集まった。

「皆様、お待ちしておりました」

蔵之介の傍らには、書類を手にした黒田が控えていた。入室した霞たちに頭を下げる。

「黒田……お前も苦労しておるんじゃのぅ」

「は……?」

雅に同情の眼差しを向けられ、黒田が訝しそうな反応をする。

「お、お気になさらないでください。それでお話というのは……」

「まずは、先日のパーティーで起きた事件についてだ。黒田」

蔵之介に促され、黒田が書類を読み上げる。

「雅様が召し上がったケーキから、致死量の毒が検出されました。蓮様の見立て通り、即効性のもので間違いないかと」

「致死量? 殺す気満々ではないか」

黒田の報告に、雅が不快そうに顔を歪める。

「そして毒を混入したとされるのは、例の裏庭で死体となって発見された使用人と思われます」

「根拠は?」

蓮が問いかける。

「彼の部屋から、毒物の瓶が見つかりました。それと通帳を調べたところ、事件の一週間ほど前に、匿名で多額の入金があったことが確認されています。おそらく何者かに雇われ、報酬を前金で受け取っていたのでしょう」

「そ、そうですか」

「……何か？」

パチパチと瞬きを繰り返す霞に、黒田が怪訝そうに眉を寄せる。

「いえ、あの……」

「こういうのは警察が調べるものじゃろ。どうしてお前らがそんなことを知っている？」

言い淀む霞に代わり、雅が疑問を口にする。

「まさか金にものを言わせて、捜査資料を……」

「警察の上層部には、鬼灯家の者が多数属しております。彼らが鬼灯家のために動くのは当然のことです」

黒田は雅を睨みつけた。

雅もしばらく黒田を見つめ返していたが、「で？　肝心の首謀犯は？」と続きを催促する。

「……依然として不明です」

その声には悔しさが滲んでいた。室内に暫し沈黙が流れる。

「あの、蔵之介様。一つよろしいでしょうか？」

意を決したように霞が口火を切る。

「何だい？」

「……政嗣様のことです」

「蓮から話は聞いているよ。あれはあの通り、保守的な考えの男だが、他の種族への偏見はなく、本家で鬼族以外の女性を許嫁として迎える話が挙がった時も賛同してくれた。だから葡萄ジュースの一件も、彼の仕業ではないと踏んでいたが……」

蔵之介はそこで言葉を切り、霞を見据えた。

「彼にとって君が純血であることに深い意味があり、それを確かめるためだとしたら、合点がいく。雅さんが毒を盛られたことも、関係しているかもしれない」

「……っ！」

蔵之介の言葉に、霞の表情が強張る。それと同時に、雅が息巻く。

「よし。早くとっ捕まえて、洗いざらい白状させるのじゃ！」

「そういうわけにもいかなくてね。現在、政嗣は海外にいるんだ」

「ど、どういうことですか⁉」

警戒していた人物が国内にいない。高飛びという二文字が、霞の脳裏に浮かぶ。

「仕事の関係で、長期の出張に出向いている。こちらに戻ってくるのは三ヶ月先になるかな」

「電話で問いつめればよいではないか。通話料をケチっておるのか？」

「ははは。私もどうにか連絡を取ろうとしているんだけどね。奴の部下が電話に出ても、『政嗣様は現在お忙しいので』の一点張りで、彼本人は応じようとしないのだよ」

「何じゃ、不甲斐ないのぅ。当主の権限で日本に戻らせることも出来んのか？」

雅が焦れったそうに強硬策を提案する。すると蔵之介は、「それは難しいかな」と即答した。

「政嗣の家は分家の中でも、本家に次ぐ地位にある。故にあいつに与(くみ)する者も少なくなくてね。政嗣が不当な扱いを受けたと主張すれば、一族の間に深刻な不和が生じる恐れもある。当主としてはそれは避けたい」

「むぅ……一族の長(おさ)であれば、好き勝手やってもいいと思うがのぅ。姉上もそう思わんか。……姉上？」

霞はぼんやりと物思いにふけっており、雅の声も聞こえていない様子だった。

「おい、姉上」

「あっ……ご、ごめん。ちょっとボーッとしちゃった」

気まずそうに、霞はサッと視線を逸らした。それに気づかない振りをして、雅が大(おお)袈裟(げさ)な溜め息をつく。

「まあ最近あまり眠れていないようだからのぅ。当主、そろそろ部屋に戻ってよいか？」

「ああ。私たちからの話は以上だ。今日は土曜で学校も休みなんだ。一日ゆっくり過ごしなさい」

「お気遣いありがとうございます、蔵之介様。それでは失礼します」

霞がペコリとお辞儀をし、雅を連れて退室しようとする。そのとき、蔵之介が「そういえば」と思い出したように言う。

「君たちは、どうやって知ったんだい？」

「何をでしょうか？」

「政嗣がマタタビを使い、君の正体を暴こうとしていたことだよ。奴のことだから、他人の目がある場所でなど話さないと思うが」

「えっ。ええと、それは……」

「私がちょうど天井裏を探検している時に、真下から奴らの話し声が聞こえてきたのじゃ」

雅がしれっと嘘をつくと、蔵之介は複雑そうな表情を浮かべた。

「……元気なのはいいことだが、ほどほどにしておきなさい。八千流に知られたら、雷を落とすだろうから」

「うむ！」

そのやり取りを天井裏で聞いていたネズミたちは、ほっと胸を撫で下ろした。

自分の部屋に戻ると、霞はベッドに勢いよく飛びこんだ。

「はぁ……」

深く溜め息をつき、ごろんと仰向けになる。見慣れた天井を見上げながら、さまざまなことに思いを巡らせた。

政嗣のこと。殺された使用人のこと。雅のこと。……自分自身のこと。

目の前にかざした右手をじっと見つめる。あれ以来、謎の白い文様は現れていない。

「私は……」

仄暗い感情が胸のうちに渦巻く。それから目を逸らすように瞼を閉じた。ゆっくりと右手を下ろして、ふぅと溜め息をつく。

その時、コンコンと誰かが部屋のドアをノックした。

「は、はいっ」

八千流だろうか。慌ててベッドから起き上がって返事をすると、意外な人物の声が聞こえた。

「僕です。今、少しよろしいですか？」

「大丈夫で……ちょ、ちょっとだけお待ちくださいっ！」

二つ返事をしようとして、後頭部がボサボサになっていることに気づく。あわあわと手櫛で髪型を整え、霞はドアを開けた。

「お待たせしましたっ。あの……何かありましたか？」

もしかしたら政嗣に関することだろうか。霞が尋ねると、蓮の口から思わぬ言葉が飛び出した。

「霞さん、今日は何かご予定はありますか？」

「いえ……特には」

「でしたら、僕と外出しませんか？」

「ええと……どちらに行かれるのですか？」

「それは霞さんにお任せします」

「はい？」

私にお任せ……？　要領を得ない口振りに、霞は小首を傾げた。

「近頃、あまり元気がないようですので。気分転換になればと思ったのですが……」

「え……」

これって……もしかしなくても、デートのお誘いというものでは？

思いがけない申し出に、一瞬思考が停止する。けれど霞はすぐに我に返り、かぶりを振った。

「僕も今日はこれといった用事はありませんし、いかがですか？」

（はわ……蓮様とデートだなんて！　心の準備が！　出来てない！）

今だって心臓が痛いくらい高鳴っているのだ。とても身が持ちそうにない。

断るべきか。でもこんな機会、二度とないのかも。思いあぐねて、おたおたしていると、蓮は憂いを帯びた表情を浮かべた。

「申し訳ありません。ご迷惑でし――」

「迷惑なんかじゃありません！　一緒にお出かけしましょう！」

霞が咄嗟にそう叫ぶと、蓮はほっとした様子で「よろしくお願いします」とお辞儀をした。

「ど、どうかな……？」

「うむ。いいんじゃないかのぅ」

「ほんと？　あ……でも、こっちのワンピースのほうが可愛いかな!?」

「はぁ～。何回このやり取りをするんじゃ。いい加減私を解放してくれ！」

急遽開催された姉のファッションショーに付き合わされ、雅はうんざりしていた。

「だって、どれにしたらいいか決まらないんだもん……」

雅に見放されそうになり、霞が縋るような眼差しを向ける。

「姉上は何を着ても似合うから、心配するな」

「うぅ……ひどい……」

投げやりなアドバイスをされ、しょんぼりと俯く。雅は全然わかっていないのだ。初デートの服選びがどれほど重要なのかを。好きな人に可愛いと思われたい乙女心を。

「雅様は無責任でございますな。もっと親身になられてはいかがですか？」

見かねたネズミたちが、天井からぴょっこり顔を出す。

「だったら、お前たちが姉上に付き合えばいいじゃろうが」

「我々は屋敷内のパトロールがありますので、これにて失礼」

「あ。逃げおった」

雅に苦言を呈しておきながら、自分たちは巻きこまれたくないのだろう。シュッと天井裏に引っこんでしまった。

「皆ひどい……！」

霞はがっくりと肩を落とした。

結局自分一人でコーディネートすることになり、ネイビーカラーのプリーツワンピースに、薄地の白いカーディガンというシンプルな組み合わせとなった。

服装に乱れがないか姿見で繰り返しチェックをして、いざ出陣。

緊張の面持ちで玄関へ向かうと、すでに蓮の姿があった。こちらも白いシャツに黒のデニム、それに灰色の上着というモノトーンコーデ。

「お、お待たせしました」

「いえ。僕も今来たところです。では行きましょうか」

屋敷を出て、高級車がずらりと並ぶ駐車場へ向かう。

「どうぞ、乗ってください」

蓮がシルバーメタリックの愛車の助手席のドアを開けて、霞に声をかける。

「失礼します……」

霞は恐る恐る車に乗りこんだ。

蓮も運転席に座り、シートベルトを締めながら霞に尋ねる。

「それでは、まずはどちらに行きますか？」

「あっ！　えーと、えーと……っ」

服を選ぶのに夢中で、行き先をまったく考えていなかった。

（デートと言えば……デートと言えば……）

必死に考えを巡らすが、一向に思いつかない。

こんなことならネットでリサーチしておくんだった。自分の不用意さを悔やんでいると、カバンの中に入れていたスマホが振動した。

『映画、食事、ゲーセン』

雅からのメッセージを見て、はっと目を見開く。

（雅……っ！　ありがとう！）

この事態を察して、急いでメッセージを送ってきたのだろう。霞は、その一文から伝わる妹の優しさに感謝した。

「蓮様、まずは映画館に行きましょう！」

カーナビの指示に従って、蓮が車を走らせる。

到着したのは、去年オープンしたばかりの大型ショッピングモールだった。休日ということもあり、大勢の客で賑わっている。

「……すごい人だかりですね。はぐれないように気をつけてください」

蓮に手を繋がれ、霞の喉がひゅっと鳴った。驚いて振り払いそうになるのをこらえ、そっと握り返す。

店内には流行の曲が流れており、アパレルショップ、化粧品店、アロマショップ、雑貨店……とさまざまな店舗が並んでいる。

映画館を目指して、人混みを掻き分けるように進んでいく。うっかり蓮の手を放してしまわないよう、霞はぎゅっと手に力を込めた。

エレベーターで六階まで上がり、ようやく辿り着いた映画館も、たくさんの客でごった返していた。売店の近くを通りかかると、ほのかに漂うポップコーンの香ばしい匂い。

「何を観ますか？」

蓮が霞に問いかける。

「うーん……」

デートの時に観る映画と言えば、やっぱり恋愛ものだろうか。けれど何だか気恥ずかしいし、蓮はそういうジャンルに興味がなさそうだ。約一分悩んでから、霞は口を開いた。

「あの……蓮様はファンタジーはお好きですか？」

「はい。仕事の休憩中に動画サイトで観ています」

「でしたら、こちらの映画を観ませんか？」

カタログラックから洋画のチラシを引き抜き、蓮に見せながら提案する。

「これは……魔法使いですか」

「はい。私の友達がこの間、観に行っておもしろかったって言ってました」

「ちょうど座席も空いているようですし、こちらにしましょう。チケットを買ってきますので、霞さんはお待ちください」

「え？　わ、私が買ってきます！」

蓮様にそんなことはさせられない！　と呼び止めたが、蓮は「いえ」と振り向きざまに言った。

「今日は一日僕に甘えてください」

「はい……」

そんなかっこいい台詞(せりふ)をさらりと言ってしまうなんて。霞は頬を赤らめ、その場に立ち尽くした。

その時、周囲からヒソヒソと女性の話し声が聞こえてくる。どうやら蓮のことを話しているようだ。

やはり世間的にも、蓮は美形の部類に入るだろう。しかも鬼族の次期当主で、大手企業の社長。そして、とっても優しい。

(そんな人が私の婚約者……)

こんな夢みたいな話、まるで映画の世界のようだと思う。

「お待たせしました。……どうしました、霞さん？」

「あ、ありがとうございます」

発券機から戻ってきた蓮から、チケットを受け取る。近くにいた女性客から嫉妬混じりの視線を向けられる。

お礼を言って頭を下げた霞は、顔を上げるのを躊躇った。

入場開始の時間になり、観客たちが劇場へ向かい始める。霞と蓮もそれに続き、チケットに書かれた座席についた。

手すりに開いた穴に、売店で購入した飲み物を置く。霞はオレンジジュース、蓮はブラックコーヒーだ。

「霞さん、飲み物だけでよかったのですか？　ポップコーンやチュロスなども売っていましたが」

「はい。映画を観るのに集中しすぎて、食べ残しちゃうタイプなので……」

霞が気恥ずかしそうに語ると、蓮は同調して頷いた。

「わかります。僕も完食した例がありません」

「蓮様はよく映画を観に来られるのですか？」

「はい。本を読むのもいいですが、映画を観ている時の非日常的な気分を味わうのが好きなんです」

そうこうしているうちに上映開始の時刻を迎え、劇場内の照明が落とされた。スクリーンに他の映画の予告が流れ始める。

（この映画おもしろそうだなぁ）

公開日を記憶しながら、霞はオレンジジュースで喉を潤す。他の作品にも興味を持つことが出来る貴重な時間だ。雅は「焦らされているようで、腹が立つ。さっさと本編を流せ」と、いつも不満を口にしているが。

そして、いよいよ本編が始まった。

月明かりに照らされた夜の海岸を、一人の少年が素足で歩いている。その夜、少年の村は悪しき魔法使いの襲撃によって滅ぼされたのだ。村人も少年を除いて、一人残らず命を落とした。

両親の形見である杖を握り締め、復讐を決意する少年。そこから場面が切り替わり、重厚感のある荘厳なオープニング曲が流れる。

この時点で、霞は早くも物語に引きこまれていた。美しい映像に目が釘づけとなり、高揚感で息を弾ませる。

蓮も楽しんでいるだろうか。気になって隣を見ようとした時、左肩に何かがもたれかかってきた。

「‼」

霞は悲鳴を上げそうになったが、何とか耐えた。偉いよ私、よく我慢した。自画自賛しながら、ゆっくりと左肩へ視線を移す。

蓮が霞にもたれながら、瞼（まぶた）を閉じて寝息を立てていた。

「ひっ……」

許嫁（いいなずけ）の寝顔をドアップで見てしまい、少しだけ悲鳴が漏れた。

……蓮様、疲れてるのかな。

大音量でＢＧＭが流れているのに、起きる気配がまったくない。それほど眠りが深いのだろう。

――僕も今日はこれといった用事はありませんし。

蓮はそう言ってくれたが、もしかしたら霞のために予定を開けてくれたのかもしれない。

ゆっくり寝かせてあげよう。蓮を起こさないよう、ゆっくりとスクリーンへ向き直る。

映画に集中、映画に集中……！　と霞は自分に強く言い聞かせる。だが、どうしても気になってしまい、チラリと左肩へ視線を向けてしまう。

暗闇の中、スクリーンの光にぼんやりと照らされた青年の寝顔は、精巧に作られた人形と見紛うほど美しい。お肌がとっても綺麗で、睫毛も女の人みたいに長い。

……触ってみたいな。

不埒な願望が脳裏を掠め、霞は息を呑んだ。

私ったら、なんてはしたないことを。自分の欲深さを自覚し、自己嫌悪する。

けれど一度意識してしまうと、それ以外考えられなくなる。

霞は膝の上に置いていた右手を、ゆっくりと持ち上げた。

ちょっとだけ。ちょっとだけだから……っ。緊張でカタカタと震える指を、まるで陶器のような白い頬へ近づけていく……

その時、大きな轟音が鳴り響いた。映画の中で、主人公が炎の魔法で敵を攻撃したのである。

　驚いた霞がビクッとすると、蓮の睫毛がぶるりと震えた。

「ん……？」

　閉ざされていた瞼がゆっくりと開かれる。

「……あ、すみません。重かったでしょう？」

　蓮は霞の耳元で囁くように謝罪して、ぱっと姿勢を正した。左肩にあった重みと温もりが離れていく。

「い、いえ……」

　もう少しだったのに。霞は複雑な表情で、さっと右手を引っこめた。

　上映が終わり、会場から観客たちがぞろぞろと出てくる。

「臨場感溢れるＣＧ映像でしたね。特に主人公がドラゴンと対決するシーンは、熱い展開なのも相まって……」

「すごかったですね。あはは……」

　少年のように目を輝かせて感想を述べる蓮に対して、霞は笑顔を取り繕っていた。

　実はあの後も、霞は密かに蓮の横顔をずっと凝視していたのだ。そのせいで、映画の内容をほとんど覚えていなかった。

「そろそろお昼にしましょう。このショッピングモールには、飲食店もたくさん入っていますが」

「あ！　でしたら……いえ、何でもありません」

「霞さん。遠慮せずにおっしゃってください」

一度は言い淀んだ霞だが、蓮の言葉に背中を押され、再び口を開く。

「その……久しぶりにハンバーガーを食べたいかなって」

霞はジャンクフードには馴染みが薄い。東條家にいた頃から、学校には送迎車で登下校していたため、寄り道することはほとんどなかった。母の薫にも、「あんな体に悪そうなもの、食べてはいけません」と厳しく言われていた。

しかし時折、運転手の藤木が「奥様には内緒でございますよ」と、霞と雅をハンバーガーショップに連れていってくれたのだ。

初めてハンバーガーを食べた時の感動は、今でも覚えている。

「はんばーがー……」

「す、すみませんっ！　やっぱり他のものにしましょう！」

はしたないと思われただろうか。羞恥で顔を赤く染めていると、蓮は意外なことを口にした。

「いいえ。僕もハンバーガーを食べてみたいです」

おや？　と霞は首を傾げた。その言い方はまるで……

「……もしかして蓮様、ハンバーガーを召し上がったことがないのですか？」

「はい。恥ずかしながら」

「そうなのですか⁉」

霞はぎょっと目を見開いた。

「日頃、外食する機会がありませんので。食事はいつも自宅か、社内でとっています」

そう答える蓮は心なしか寂しそうだ。

その姿を見た霞は、胸に手を当てて力強く宣言した。

「でしたら……私が蓮様にハンバーガーの食べ方をお教えします！」

昼時ということもあり、ショッピングモール内のバーガーショップは大いに賑わっていた。運よく空いているテーブルを見つけ、すかさず確保する。

「私が注文してきますから、蓮様はここで待っていてください」

「いえ。僕も……」

「私一人で大丈夫ですっ！」

今の霞は、使命感に燃えていた。意気揚々とレジカウンターへ向かう。

（まずハンバーガーは絶対に外せないでしょ。普通のタイプと、テリヤキ。それと飲み物とポテト。チキンナゲットも……！）

頭に思い浮かべたメニューをそのまま注文していく。

「お待たせいたしました、一一四番のお客様ーっ！」

番号を呼ばれ、受け取り専用のカウンターへ取りにいく。少し多くなってしまったが、なんといっても人生初のハンバーガーだ。いろいろ食べてもらったほうがいいと自分に言い聞かせる。

トレイを手にして、蓮の待つテーブルへ戻る。霞の許嫁はまたしても女性客の視線を集めていた。しかし本人はそのことに気づいていないようで、スマホをじっと眺めている。

好きな人が注目されて、うれしいようなうれしくないようなモヤモヤした感情が渦巻く。

「蓮様、お待たせしました」

作り笑いを浮かべ、トレイをテーブルに置いた。

「ありがとうございます。……こちらがハンバーガーですか？」

蓮は包装紙に包まれた物体に興味津々だった。じっと凝視している。

「はい！　これをこうして……」

霞が包装紙を半分まで開けて、ハンバーガーを取り出す。その様子をチラチラ見ながら、蓮も実践する。

「そしてそのまま、ガブッていっちゃってください！」

「わかりました。では早速」

霞の指南を受け、蓮が口を大きく開ける。そして躊躇いなく、ハンバーガーにかぶりつく。

「い、いかがですか……？」

霞が恐る恐る感想を尋ねる。

「これは……すごく美味しいですね。パンとパンの間に肉だけではなく、野菜も挟まれているから味と食感のバランスがいい。このトマトソースも酸味が効いていて、食欲を増進させてくれます」

嬉々とした表情でコメントを述べ、蓮は二口目を頬張った。その清々しい食べっぷりに見入っていた霞だが、ふと我に返って自分のハンバーガーをぱくんっと頬張る。

「んーっ！」

きゅっと固められた肉から溢れ出す旨み。それを柔らかいパンと、新鮮な野菜が優しく受け止める。

久しぶりのジャンクな味に、霞の頬が幸せそうに緩む。

「このポテトもホクホクしていて、美味しいです。この飲み物も甘くて爽やかな味ですね。コーヒーのような色をしていますが……」

「……！」

このお方、コーラを飲むのも初めてなのでは。カップの蓋を開けて中身を確認する蓮に、霞は目をパチクリさせた。

その後昼食をペロリと平らげ、次に二人が向かったのは館内にあるゲームセンターだった。シューティング、エアホッケー、レースゲームなど、多種のゲームが楽しめる空間となっている。

その中でも、最も数を占めているのはクレーンゲームだった。ぬいぐるみ、フィギュア、菓子……変わり種では、有名ブランドの香水まで。さまざまなものが景品となっている。

「ここがゲームセンター……初めてきましたが、賑やかな場所ですね」

蓮が珍しそうに周囲を見渡す。

「あ……」

霞の目に留まったのは、三毛猫のぬいぐるみだった。掌にちょこんと乗るサイズで、ニヤリと不敵な笑みを浮かべている。

ちょっと雅に似ているかも。筐体の前で立ち止まり、ぬいぐるみをじっと見つめる。

「……あれが欲しいのですか？」

霞の視線を目で追った蓮が尋ねた。

「は、はい。一回チャレンジしてみてもいいですか？」

「構いませんよ」

「よーし！」

チャリン。筐体に百円玉を入れると、ボタンが点滅し始めた。

……この辺りかな？　レバーでアームを操作して、ぬいぐるみの真上まで移動させる。ここだ！　と思う場所で、霞はボタンを押した。

緊張感のないＢＧＭとともにアームが降下し、ぬいぐるみをしっかりホールドする。

そのまま持ち上げようとするが……

「落ちちゃった……」

がっくりと肩を落とす霞の耳が、チャリンという音を拾う。蓮がゲームに硬貨を入れたのだ。

「次は僕が挑戦します」

真剣な面持ちで、レバーを動かしていく。お目当てのぬいぐるみから少しズレた位置で、蓮がアームを降下させた。すると、爪の部分がぬいぐるみのタグに引っかかった。

「あっ……！」

霞が小さく声を上げる。

再び上昇していくアームに、逆さ吊りのような体勢でぶら下がるぬいぐるみ。そうして綺麗に落とし口に落下した。

「どうぞ」

「蓮様……ありがとうございます！」

差し出されたぬいぐるみを、霞は満面の笑みで受け取った。ふかふかのボディをぎゅーっと抱き締める。その間、蓮は他のクレーンゲームを見回していた。そして新たな獲物に狙いを定め、硬貨を投入する。

「れ、蓮様？」

蓮の手つきに迷いは見られない。某マスコットキャラクターのぬいぐるみを軽々とゲットしてしまった。

「どうぞ」

「はい……」

霞にぬいぐるみを渡し、財布片手に再びターゲットを捜し始める。そして一回のプレイで必ず景品をゲットしていく。

その鮮やかすぎる技巧に、次第に見物人が集まり出す。

「蓮様、そろそろ帰りましょう……！」

両手にぬいぐるみを抱えながら、霞が叫ぶ。ちょうど両替しようとしていた蓮の足がピタリと止まった。

「……申し訳ありません。つい夢中になってしまいました」

自身も景品が入ったビニール袋を両腕に提げながら、蓮が頭を下げる。

彼がこれほど熱中する姿を見るのは初めてだ。何だか微笑ましい気持ちになり、霞はクスリと笑みを零した。

「今日はありがとうございました。とっても楽しかったです」

帰りの車の中で、霞は礼を述べた。他の景品は後部座席に置いているが、妹似の三毛猫のぬいぐるみだけは、膝の上に載せている。

「いえ、僕も今日一日楽しませていただきました」

前を見ながら、蓮が相槌を打つ。

暫し訪れる沈黙。霞はぼうっと窓の外を眺めていた。

――彼にとって君が純血であることに深い意味があり、それを確かめるためだとしたら、合点がいく。雅さんが毒を盛られたことも、関係しているかもしれない。

ふと蔵之介の言葉が脳裏に蘇った。ぬいぐるみの頭を優しく撫でながら、ぽつりと呟く。

「……雅が殺されそうになったの、私のせいなのかな」

「いいえ、霞さんのせいではありません」

呟きを拾った蓮が静かに否定する。

「あなたがご自身を責める必要なんてない。僕はそう思います。雅さんだって同じ気持ちのはずです」

「……」

その場しのぎの気休めではないとわかっている。それでも、霞の心が晴れることはなかった。

そのうち睡魔に襲われ、霞はいつの間にか眠りに就いていた。そして不思議な夢を見る。

そこは何もない真っ白な世界だった。

銀色の鱗粉（りんぷん）を纏（まと）いながら、黒い光の珠が浮かんでいる。霞はその光へ手を伸ばしかけ、届く寸前で思い留まった。

それが何なのかはわからなくとも、本能は理解していた。

その光に触れた時、いったい何が起こってしまうのかを。

第七章　闇が動き出す

翌日の早朝。制服姿で居間に現れた姉妹を見て、八千流は眉をひそめた。

「学校はもう暫く休みなさい。また命を狙われたら……」

「過保護な鬼婆じゃのぅ。それに屋敷の中にいても、危険なことに変わりはないぞ。私に毒を盛ったのも、ここの使用人だったではないか」

「ですが……」

雅が半ば呆れ気味に指摘すると、珍しく八千流は言葉をつまらせる。さらに畳みかけるように、霞が説得を試みる。

「八千流様。私たちのことなら、心配なさらないでください。人気のない場所には近づきませんし、知らない人にもついていきません！」

「小学生か？」

雅がぼそっとツッコミを入れた。

「仕方がありませんね……」

止めても無駄だと悟り、八千流は渋々納得した。三人のやり取りを見守っていた蓮が口を開く。

「母上。やはり暫くの間、様子を見たほうがよろしいかと……」

「もちろんです。お二人をみすみす危険に晒すわけにはまいりません。黒田に命じて、校内及び女子学院周辺に警護をつけます。それでいいですね、蓮？」

「……わかりました」

相槌を打ちながらも、蓮はまだ納得がいかない様子だった。案じるような眼差しで霞を見る。気づいた雅が煩わしそうに言う。

「というわけじゃ。何、妙な輩が姉上に近づいたら、私が吹っ飛ばしてやる」

「蓮様。学校から帰ってきたらカステラを焼きますので、楽しみにしていてください」

雅とは対照的に、柔らかな声で霞は言った。だから心配しないで、という思いを込めて。

「……はい。楽しみにしています」

蓮は小さく頷き、八千流に呼ばれて居間にやってきた黒田のほうを向いた。

「黒田、お二人をよろしくお願いします」

「はい。お任せください」

二人の少女を託され、黒田は恭しく頭を下げた。

「……あら？」

「母上、どうしました？」

ふと天井を見上げた八千流に、蓮が尋ねる。

「今、天井から物音がしたような……」

「そうですか？　僕は気づきませんでしたが」

蓮も不思議そうに天井を仰ぐ。八千流が「ネズミでもいるのかしら」と訝しむ。

霞と雅は顔を寄せ合って、ひそひそと話し始めた。

「ネズミさんたち、どうしたんだろ？　いつもなら絶対音を立てたりしないのに……」

「何か問題でも起きたのかもしれんのぅ。まあ、学校から帰ってきたら聞いてやるとするか」

二人が話している間も、天井から微かにきしむような音がした。

霞が登校したのは、約一ヶ月ぶりとなる。

久しぶりに教室に入ると、友人たちが駆け寄ってきた。担任からは、病気で休んでいると説明されていたらしい。心配そうに霞の体調を尋ねてくる。

（ごめんね、皆）

真実を打ち明けられないのが、もどかしい。

それから程なくして校内に予鈴が鳴り渡り、霞は席についた。

窓際の座席なので、ここからだと校庭がよく見渡せる。一限目から体育の授業のクラスが集まっていた。やがて本鈴が鳴った。

……あれは雅だろうか。校庭から逃亡を図り、体育教師に追いかけられていた。その追跡を振り切って、軽い身のこなしで木の上へ登っていく。そして木の前に仁王立ちする体育教師。

これまでも幾度となく見た光景に、霞はクスリと笑った。

引き戸が開いて、教師が霞たちの教室に入ってきた。雅と体育教師の攻防戦を眺めている場合ではない。霞は急いで教科書やノートを用意した。


（休んでる間も、ちゃんと勉強しておいてよかった……！）

ようやく迎えた昼休み。ペンケースを机の中にしまいながら、霞は安堵の溜め息をついた。

当然のことだが、この一ヶ月で授業がかなり進んでいた。あらかじめ予習していなかったら、ちんぷんかんぷんだっただろう。

久しぶりの授業で気が張っていたせいで、お腹がぺこぺこだ。いそいそと鞄から弁当箱を取り出す。

その時、担任が教室にやってきた。

「東條さん、ちょっと」

手招きしながら呼ばれ、霞は担任へ歩み寄った。

「何ですか、先生？」

「今迎えの車が来るから、すぐに帰りなさい。鬼灯のご当主のご子息に何かあったそうだ」

「え……っ⁉」

担任の言葉に、霞の表情が凍りつく。まさか雅だけでなく、蓮まで……？

背筋に冷たいものが走り、心臓がバクバクと早鐘を打つ。

「急いで門の前に行きなさい」

「わ、わかりました！」

空腹なんて一瞬で吹き飛んでしまった。霞は鞄を抱えて、勢いよく教室を飛び出した。

足がもつれそうになりながら、階段を駆け下りる。息切れを起こしながら、靴を履き替えて校舎を出る。

「雅……？」

妹も知らせを受けていると思ったが、正門にその姿はなかった。

電話をかけようと鞄からスマホを取り出す。その時、黒塗りの外車が霞の横に停まった。

「霞様！」

助手席の窓を開け、黒田が霞を呼んだ。

「黒田さん！　蓮様は……っ」

「話は後です。早くお乗りください」

切羽つまったような声で促され、慌ただしく後部座席に乗りこむ。直後、車が急発進して、霞は運転席のシートにしがみついた。

異変に気づいたのは、すぐのことだった。

「あの……屋敷に戻っているのですよね？」

先ほどから見慣れぬ道がずっと続いている。言いようのない不安に駆られて霞が尋ねると、黒田が後ろを振り向いて言った。

「神城朧様。あなたがあの屋敷に帰ることは、もうありません」

――オボロ。

その名前を呼ばれ、霞ははっと目を見開く。

「手荒な真似はしたくありません。どうか大人しくなさってください」

前方に向き直りながら、黒田は冷ややかな声で告げた。

どれほど時間が経っただろうか。市街地を抜けて山道を走り続けていると、二階建ての建物が見えてきた。そこで車はようやく止まった。

「さあ、降りてください」

霞に拒否権はなかった。先に降りた黒田に腕を掴まれ、強引に車外へ引きずり出される。

「……ここはどこですか？」

「政嗣様が所有する別荘でございます」

政嗣の名を聞いても、霞は動揺しなかった。その代わり、怒りと失望の眼差しを黒田に向ける。

「どうして、あなたが……」

「政嗣様のご意向です。ご容赦ください」

すげない言葉を返されて、霞は唇を噛み締めた。

黒田と運転手の男に両脇を挟まれ、別荘の中に入る。

屋内には、黒い背広を着た男たちが待ち構えていた。食事会や誕生日パーティーで見かけた顔もあるが、その中に政嗣の姿はなかった。

「政嗣様は？」

黒田が仲間の一人に確認する。

「先ほど帰国されたと連絡があった。今夜こちらに到着されるとのことだ」

「そうか。では、それまで暫しお休みください」

「……っ！」

再び腕を掴まれ、無理矢理引っ張られる。これ以上言いなりになるのが嫌で、その手を振りほどこうと抵抗する。

「朧様」

そう呼ばれた直後、パンッと乾いた音がした。黒田に平手打ちされた右頬が焼けるように痛む。

「大人しくするようにと言ったはずです。……私どもは、あなたが抵抗するなら死なない程度になら痛めつけても構わないと言われております」

「ぁ……」

口調こそ丁寧だが、情を感じない冷酷な言葉だった。

霞は殴られた頬を抑えながら体を震わせた。怖い、怖い。今まで味わったことのない恐怖が全身を支配する。抵抗する意思を削がれ、呆然と立ち尽くす。

「わかってくだされば結構。それでは、お部屋へご案内いたします」

「は、い……」

黒田たちに連れていかれたのは、二階の一室だった。白いベッドがぽつんと置かれているだけの殺風景な空間だ。

「早く入れ！」

「きゃっ！」

黒田の仲間に突き飛ばされ、霞は室内の床に倒れこんだ。上体を起こすと、目の前に何かが投げつけられた。

それは、コンビニのビニール袋だった。中に入っていた食料やペットボトル飲料が床に散らばる。

「お腹が空きましたら、そちらを召し上がってください。ああ、お手洗いは部屋の奥にありますので」

事務的な口調で言うと、ドアを閉めた。

「ま、待って……っ！」

霞はよろめきながら起き上がり、ドアへ駆け寄った。だが外側から施錠されているのか、びくともしない。それにスマホも車の中で黒田に没収されている。

「……どうしよう」

そう呟きながら、霞は床にへたりこんだ。

これからどうなってしまうのだろうか。恐怖と焦りが頭の中を埋め尽くし、次第に視界がじわりと滲み始める。

雅や蓮、鬼灯家の人々が脳裏に浮かぶ。そして、『あなたがあの屋敷に帰ることは、もうありません』という黒田の言葉も。

「みんなのところに帰りたい……」

そんな些細な願いも二度と叶わないのだろうか。きっと幸せすぎて、バチが当たったのかもしれない。

ぎゅっと瞼を閉じると、頬に涙が伝うのがわかった。何かに縋りたくて、肩に提げていた鞄を強く抱き締める。

「グェッ」

「えっ⁉」

鞄から潰れた蛙のような声が聞こえ、霞は驚いて体を離した。恐る恐るファスナーを開けて、中を覗く。

「チューーッ！」

一匹の子ネズミがピョコッと飛び出した。

「ネ、ネズミさん？　どうして鞄に入ってるの？」

部屋の外に見張りがいるかもしれない。霞は声を潜めて訊いた。

「他のネズミたちと隠れんぼをしておりました。ですが、そのまま中で眠ってしまったようです。ふわぁぁ……おや？　ここはどこですか？」

くしくしと毛繕いをしながら子ネズミが室内を見回す。無理矢理ここまで連れてこられたの」

「……政嗣様の別荘だって、黒田さんが言ってた。無理矢理ここまで連れてこられたの」

「チュッ⁉　それはいわゆる誘拐という奴では⁉」

「うん。巻きこんじゃってごめんね……」

しょんぼりと落ちこむ霞に、子ネズミは首を左右に振った。

「霞様は何も悪くありません！　そんなことより、一刻も早くここから逃げなければっ！」

「だけど外から鍵がかけられているみたいで、部屋のドアが開かないの。二階だから窓から抜け出すことも出来ない……」

それにどうにか部屋から脱出したとしても、すぐ黒田たちに捕まってしまうだろう。

そうなれば今度は平手打ちだけでは、済まないかもしれない。霞は、まだ痛みが引かない右頬をそろりと撫でた。

すると子ネズミは、自分の胸をドンと叩いて言った。

「でしたら、私が助けを呼びに行きます」

「ネズミさんが⁉」

思わぬ提案に霞は目を丸くした。

「はい。私でしたら奴らに気づかれずに、この建物から抜け出すことが可能です」

「で、でも、ここから屋敷までは、随分距離があるんじゃ……！」

万が一その途中で人に踏まれたり、車に轢かれたりしたら。霞は平たくなった子ネズミを想像して、青くなった。

「ご心配には及びません。どうか私にお任せください」

「……」

「霞様。私を信じてください。必ずや鬼灯家に辿り着き、雅様やご当主にこの場所をお伝えいたします」

子ネズミにまっすぐ見つめられ、霞は神妙な面持ちで頷いた。

「……わかった。だけど、くれぐれも無茶はしないで。お願いね」

「承知いたしました。そうと決まれば早速！」

「あっ、ちょっと待って！」

霞は咄嗟に子ネズミを引き留めた。そして鞄の中から携帯用のハサミとおやつのクッキーを、スカートのポケットからハンカチを取り出した。

「これをこうして……出来たっ」

ハサミで細長く切ったハンカチで、クッキーを子ネズミの背中に背負わせる。

「お腹が空いたら、それを食べて」

「お気遣いありがとうございます、霞様。それでは、暫しのお別れでございます」

子ネズミは霞の手に顔を擦りつけ、別れの言葉を告げた。

「うん。行ってらっしゃい！」

「チュウッ」

霞が窓をほんの少し開けると、小さな勇士はその隙間から外へ抜け出した。


数時間後。下校のチャイムが鳴る中、雅は霞のクラスを訪れていた。

「姉上、さっさと帰るぞ。……む？」

教室に姉の姿が見当たらない。周りをキョロキョロしている雅に気づき、霞の友人が不思議そうに声をかける。

「雅ちゃん？　霞と一緒に帰ったんじゃなかったの？」

「いや、今迎えに来たところじゃが」

「霞ならお昼頃に帰っていったよ。お家から連絡があったみたいだけど……」

「何じゃと？」

雅は眉を寄せた。すぐさま霞のスマホに電話をかけたが、電源が切られていて繋がらない。

妙な胸騒ぎを覚え、雅は弾かれたように駆け出す。校舎を出て正門へ向かうと、迎えの車が停まっていた。

「おい。姉上が先に帰ったというのは本当か？」

運転席の窓をコンコンと叩きながら、雅が訊いた。

「い、いえ。そのような話は聞いておりませんが……」

「……やられた」

窓を開けて運転手が答えると、雅は険しい表情で歯噛みをした。

「グズグズしている暇はない。急いで屋敷に戻るぞ」

「はい？　ですが霞様がまだ……」

「話の流れで察しろバカ者！　姉上は何者かに攫われたんじゃ！」

「な……っ」

苛立たしげに叫ぶ雅に、運転手は言葉を失った。

雅からの連絡を受け、鬼灯家は物々しい雰囲気に包まれていた。屋敷に常駐している護衛が慌ただしく動き回っている。

帰宅した雅は、脇目も振らず居間へ駆けこんだ。

「当主！　鬼ボン！」

居間では、蔵之介と蓮がテーブルに広げた地図を睨みつけていた。

「雅さん……！」

雅の呼びかけに、蓮が顔を上げる。

「この赤丸は何じゃ？」

地図を覗きこんだ雅が、怪訝そうに問う。二人が通う女子学院の周辺には、赤ペンでいくつも印がつけられていた。

「丸で囲まれている地点に、警備は配置されていました」

地図を見下ろしながら、蓮が説明する。

「これらの目を掻い潜り、霞さんを連れ去るのは容易ではありません。……内部の人間が情報を漏らした可能性が高い」

「何だと⁉　ならばそいつを突き止めるのが先じゃ！」

「いや。すでにおおよその見当はついている」

蔵之介がいつになく硬い表情で口を挟んだ。

「警備の陣頭指揮を執っていたのは黒田だ。そして彼からの定時連絡が数時間前から途絶えている」

「あいつが姉上を……？」

にわかには信じがたい事実に、雅が訝しむ。そこへ八千流が数人の護衛を引き連れ、居間に入ってきた。

「至急、黒田の着信履歴を調べてまいりました。あの男、どうやら政嗣と定期的に連絡を取り合っていたようですね」

「あやつら……繋がっておったのか！」

「……灯台下暗しとは、よく言ったものだな」

雅が目を剥き、蔵之介が苦々しく呟く。

「こうしちゃおれん……早く姉上を助けに行くぞ！」

「待ってください、雅さん」

居間から飛び出そうとする雅を、蓮が後ろから羽交い締めにする。

「闇雲に捜しても、霞さんは見つかりません。それに今、一人で行動するのは危険です」

「放せ鬼ボン！　姉上は私が……！」

雅の声を遮るように、部屋に飾られていた花瓶がガシャンッと砕け散った。

「お、奥様っ⁉」

護衛の一人が怯えたように叫ぶ。

その声で八千流を見た雅は、ぎょっと息を呑んだ。

「おのれ、政嗣……黒田……っ！　消し炭にしてくれるわ！」

これまで抑えていた怒りが爆発したのだろう。赤い火花を纏わせながら、八千流が怒号を上げる。その額からは、二本の鋭い角が伸びていた。

「少し落ち着きなさい、八千流。熱くなっては、奴らの思う壺だ」

蔵之介がなだめようとするが、火に油を注ぐだけだった。

「落ち着いてなどいられますか！　おそらく政嗣は、霞さんが神城家の生き残りであると気づいたのです！　一刻も早く、あの子を取り戻さなければ――」

「カミシロ？」

「っ！」

雅の声で我に返り、八千流は口を噤んだ。蓮は腕の力を抜いて雅を解放すると、八千流に尋ねた。

「母上、カミシロとは何ですか？　霞さんが攫われたことと、何か関係しているのですか？」

「……」

黙ったままの母を見て、蓮は質問を変えた。

「……では、オボロという名はご存知ですか？」

その問いに蔵之介が目を見張る。

「蓮。その名前をどこで……」

「以前霞さんが、夢の中でそう呼ばれたとおっしゃっていました。ただの夢ではないと思っていましたが……」

「ええい！　カミシロだのオボロだの、さっきから何の話をしておるのじゃ！　私にもわかるように……むぐっ⁉」

突如雅の顔面に、ピトッと何かが張りついた。蓮がそれをひょいと摘まみ上げる。

「……ネズミ？」

「お初にお目にかかります、ご子息」

口元に食べかすがついた子ネズミが、ぺこりとお辞儀をする。

「どうも初めまして。鬼灯蓮と申します」

つられて蓮も頭を下げる。直後、天井の板がバキッと音を立てて、床に落下した。

「やっと見つけたーっ‼」

そして、ぽっかりと開いた穴から降ってくる、大量のネズミ。

「ギャアアアアッ！」

大の動物嫌いである八千流が悲鳴を上げ、蔵之介の背中にさっと隠れた。

「お願いします、ご子息！　どうか私の娘をお返しください！」

母親と思しきネズミが、目を潤ませて懇願する。

「どうぞ」

蓮は足元に群がるネズミたちを踏み潰さないようにしゃがみ、子ネズミを母親の傍にゆっくりと下ろした。

「みんなでずっと捜していたのよ！　今までどこにいたの⁉」

「チユウ……ごめんなさい、お母様！」

「ああ、無事でよかったわ……！」

「今朝ドタバタ騒いでいたのは、そいつを捜しておったからか……」

抱擁し合い、再会を喜ぶ親子。その感動的な光景に、雅は朝の出来事を思い出した。

「雅さん、このネズミさんたちとお知り合いですか？」

ネズミの頭を撫でながら、蓮が訊いた。

「知り合いも何も、こやつらは私たちの下僕……って、何を出てきとるんじゃ、お前ら！　早く逃げないと、鬼どもに捕まって……」

「……韋駄天ネズミだ」

護衛の一人がぼそりと呟く。他の者たちも、驚きを隠せない様子でネズミの集団を凝視している。

「イダテン？　それはこやつらの名か？」

首を傾げる雅に、蔵之介が彼らの正体を語る。

「韋駄天ネズミとは、神速の脚を持つとされるあやかしだよ。古くから時の権力者に仕え、主に諜報や要人警護の任に就いていた」

「ほほお。だから昔は江戸城で暮らしておったのか」

「暗殺とかも結構こなしておりました」

「やっぱこやつら、物騒じゃな」

そんなことまでさらっと発言するネズミに、雅は真顔になった。そして子ネズミが背中に巻きつけている布に気づき、怪訝な顔をする。

「それは……姉上のハンカチか？」

「そ、そうでしたっ！　皆様、大変でございます！　霞様が黒田に誘拐され、現在鬼灯政嗣の別荘に囚われております！」

自分の使命を思い出した子ネズミが、霞の窮状を訴える。思いがけない知らせに、雅たちは表情を変えた。

「それは本当なのですね⁉」

蔵之介の後ろに隠れたまま、八千流が念押しする。

「はい。皆様、どうか一刻も早く霞様をお救いください」

「そんなこと、言われるまでもないわ。その別荘まで案内するのじゃ！」

「霞様の一大事でございます。我々もお供いたしましょう」

意気込む雅に、韋駄天ネズミたちが同調する。八千流も夫の背中から出てきて、護衛たちに命じた。

「あなたたちも、霞さんの救出に向かいなさい」

「了解しました」

そのやり取りを見ていた雅は、ふんっと鼻を鳴らした。

「私たちだけで十分なんじゃがな。足だけは引っ張るでないぞ」

そう釘を刺してから、大きく息を吸い声を張り上げる。

「よいか、お前たち！　必ずや姉上を取り返すぞ！」

韋駄天ネズミたちが雅を囲むように円陣を組む。その外側に護衛たちも集まる。

「命を捨てる覚悟で、私についてまいれ‼」

「「チューッ‼」」

雅の号令に応える韋駄天ネズミたち。その後ろで、屈強な男たちも「チュウ！」と雄々しく鳴いた。

決意表明をして、雅たちが居間から去っていく。

「僕も行ってきます」

「蓮。あなたは残りなさい」

「なぜですか？」

八千流に呼び止められ、雅たちの後を追いかけようとした蓮は不服そうな表情で振り向いた。

「政嗣たちは、決して霞さんを引き渡そうとはしないでしょう。どのような手を使ってくるかわかりません」

「……そうでしょうね」

「あなたの身にもしものことがあれば、本家の危機を招くことになります。屋敷で大人しく待機していなさい」

「……」

「車の鍵をこちらへ」

八千流が手を差し出しながら促す。

「……はい」

蓮は溜め息をつき、懐から取り出した車のキーを八千流の掌に置いた。

「僕は部屋に戻っています。……それでは」

蓮は一礼して退室した。息子の後ろ姿を見送った後、蔵之介が小声で言った。

「別に鍵まで取り上げなくても、よかったんじゃないか？」

「こうでもしないと、あの子は止められません。きっと霞さんを助けに行きますよ」

苦言を呈する夫に、八千流は肩をすくめながら言い返した。

雅は出発前に、厨房を訪れていた。

「おい、使用人。何でもいいから今すぐ甘いものを食わせろ」

突然そう要求され、使用人が用意したのはあんころもちだった。こしあんに包まれた餅が、皿に盛りつけられている。

「雅様、こちらでよろしいですか？」

「本当は洋菓子が食いたかったんじゃが……まあ、甘味に変わりはないか」

雅は皿を受け取り、大口を開けて餅を頬張った。こしあんの上品な甘さが口の中に広がる。和菓子も悪くないと、雅はどんどん食べ進めていく。

皿の上のあんころもちが半分ほど消えたところで、八千流が厨房にやってきた。

「こんな時に、あなたは何を食べているのですか……」

「今のうちに燃料補給をしているのじゃ」

「燃料補給？」

「念動力を使うのは、結構体力を消耗するからのぅ。それに腹が減っては戦は出来ぬと言うじゃろ」

「……確かに猫又族の異能なら、政嗣たちにも対抗出来るのでしょうね。ですが、あなたにも危険が生じる可能性が……」

「覚悟のうえじゃ。姉上を助けるためなら、私は何だってするぞ」

雅はそう言い切り、ぐびっと緑茶を呷った。

八千流はその横顔をじっと見つめる。

「……一つお聞きしてもよろしいかしら？」

「ん？」

「あなたはなぜ、霞さんのことになると、これほどまで躍起になるのですか？」

八千流の問いかけに、雅は動きをピタリと止めた。そして八千流と視線を合わせずに、問い返す。

「鬼婆は……姉上の足の傷痕を覚えているか？」

「ええ。相当深い傷だったようですね」

「あの怪我は、私が負わせたも同然なのじゃ」

雅は自嘲気味に笑い、過去を語り始めた。

自分と血の繋がらない姉。

雅は幼い頃から、そのことを知っていた。両親から聞かされたわけではない。使用人たちが話しているのを偶然聞いたのだ。

ある夜、雅の祖父であり先代当主だった伝次郎が、見知らぬ赤子を連れ帰ってきた。

それが霞だったという。

雅は大して驚かなかった。薄々そんな予感はしていたのだ。母の薫はいつも雅のことばかり可愛がり、霞には素っ気ない態度を取っていたから。

その反面、父や祖父は霞を雅と同等に可愛がっていた。雅はそれが腹立たしかった。

……本当の子どもじゃないくせに、どうして。霞がいなければ、父や祖父も自分だけを見てくれるはずなのに。

姉と同じように、平等に愛されるだけでは足りなくなっていた。

『雅！　おじいちゃんがお菓子くれたの。一緒に食べよ！』

『……うん』

霞に手を引かれて、廊下を歩く。

霞はいつも優しくニコニコと笑っていて、姉だからといって偉そうに振る舞うこともない。どんな時も自分を甘やかしてくれる。

姉上なんていなくなればいいのに。そう思いたくても、思えなかった。

それでも、霞への嫉妬心が消えることはなかった。

そして事件が起きたのは、日差しの強い夏の日だった。

霞と雅は、麦わら帽子を被って庭で追いかけっこをしていた。その最中に突風が吹いて、二人は驚いて立ち止まった。

『あっ……！』

顎の紐が緩かったのだろう、霞の帽子が脱げて宙を舞い上がる。

ゆっくりと落ちてくる帽子を、霞が何とかキャッチしようとする。雅は少し離れたところから、それを見ていた。

その時、魔が差した。

念動力を使い、帽子を再び浮き上がらせる。そして、近くにある木の一番高い位置に置いた。

『どうしよう……』

霞は呆然と見上げていた。そこへ雅が駆け寄っていく。

『あんなの、念動力を使えば一発じゃ』

霞が猫又族ではないと知ったうえで、そう言った。ほんの少しでいいから、姉を困らせたくなったのだ。

どうせ何も出来ず、自分や使用人に助けを求めるに違いない。だが予想に反して、霞は木を登り始めた。

『あ、姉上⁉』

『ちょっと待ってて、雅！　よいしょ、と……っ』

慌てふためく雅を他所に、霞が一メートルほどの高さまでよじ登る。

ビュウッと、再び突風が吹いた。

『姉上……っ』

一瞬のことだった。

突風に煽られた霞が足を滑らせ、木からずり落ちる。その拍子に木の表皮で傷ついてしまったのか、右足のふくらはぎの皮膚が大きく裂け、鮮血が霞のワンピースを真っ赤に染めた。

その後、雅は両親や祖父に大目玉を食らった。雅が念動力で帽子を木の上に置くところを、庭師が目撃していたのだ。

子どものいたずらというには、度が過ぎている。普段は雅に甘い母も、今回ばかりは激しく叱った。

だが霞は、雅を責めようとしなかった。

『雅は何も悪いことをしてません！　風が吹いて、木の上まで帽子が飛んで行っちゃったんです……っ！』

必死にそう主張して、雅を庇い続けた。

「……養女という引け目があったから、あんなバレバレな嘘をついてまで、姉上は私を守ろうとしたのじゃ」

すべてを告白し、雅は罪を悔いるように項垂(うなだ)れた。

「両親から傷を消す手術を受けるように勧められたが、それも『目立つ傷ではないから』と断った。だが本当は気にしているんじゃろうな。夏でも常に黒いタイツを穿いて、誰にも見られぬよう傷を隠しておる」

雅はそこで言葉を切り、ぎこちなく笑いながら顔を上げた。

「だから私は誓ったのじゃ。償いのためにも、姉上を守り続けると」

「霞さんの性格であれば、費用のことも考えて手術を断るでしょうね」

納得したような口調で、八千流は言った。そして溜め息混じりに続ける。

「ですが雅さん。あなた、霞さんのことを何もわかっていないのね」

「な、何じゃと⁉」

「霞さんがあなたを庇ったのは、大切な妹が怒られる姿を見たくなかったからではないのですか？」

その問いかけに、雅ははっと息をつまらせる。

「あなたが傷を見れば、事故を思い出して悲しむと思ったから。だから、いつも隠しているのではありませんか？」

雅は大きく目を見開いたまま、八千流の言葉を聞いていた。

「あなたが霞さんを大切に想っているように、霞さんもあなたをいつくしんでいるのですよ。そこに血の繋がりなど、関係ありません」

「だ、だが、私は姉上に傷を負わせて……っ」

「雅さん。あなたは人を思いやれる優しい心の持ち主ですね。そういうところ、霞さんとよく似ています」

迷子のように視線をさまよわせる雅に、八千流が穏やかに語りかける。

「ただし。いつもぐうたらしていて、目上の人間への礼儀がなっていなくて、何かとガサツなのが玉に瑕ですが」

「ぷっ……瑕だらけじゃな」

雅は吹き出し、袖で目元をぐっと拭った。

「さて……そろそろ行くかのぅ」

「まあ危なくなったら、うちの護衛に守ってもらいなさいな」

「ふん。要らぬ世話じゃな」

雅はニヤリと不敵な笑みを浮かべ、厨房を飛び出した。

「待たせたな、皆の衆！」

雅が屋敷の外に出ると、外は日没を迎えようとしていた。周囲に散らばっていた韋駄天ネズミたちが、一斉に雅の足元に集まる。

「いざ……出陣じゃあっ‼」

黄昏時の空に、雅の号令が響き渡る。

「皆様、私についてきてくださいっ！」

子ネズミが先陣を切り、雅や他のネズミたちがそれに続く。鮮やかな夕焼けをバックに、屋根から屋根へ飛び移りながら駆けていく。

「す、すげぇ……！」

「あれが猫又族の身体能力か……」

一方、車内で待機していた鬼灯家の護衛たちは、その光景を見て唖然（あぜん）としていた。しかしすぐに我に返り、慌てて車を発進させる。

「……」

蓮は自室の窓から、その様子を眺めていた。

おもむろに窓辺から離れ、深呼吸をする。

瞼（まぶた）を閉じると、一人の少女が脳裏に浮かんだ。その少女が、柔らかな声で「蓮様」と呼んでいる。

少女の呼びかけに応えるように、瞼（まぶた）を開けて顔を上げた。

ハンガーにかけた上着を取り、袖を通しながら部屋を出る。屋敷の中は先ほどまで喧騒に包まれていたのが嘘のように、静まり返っていた。

誰とも鉢合わせしないことを祈りながら、裏口へ向かう。特に八千流に見つかったら最後、即刻部屋へ連れ戻されるだろう。

「蓮、どこに行くつもりだ」

背後から声をかけられ、蓮は足を止めた。

「霞さんを迎えに行きます。止めないでください」

父に背を向けたまま答える。

「どうやって？ 八千流に車の鍵を取り上げられただろう」

「車が使えないなら、走っていけばいいでしょう。雅さんには敵わないと思いますが、足の速さには自信があります」

「随分と無茶を言うな、お前も。……大人しく待っていることは出来ないのか？」

聞き分けの悪い子どもをたしなめるような口調だ。

妙な気配を感じて視線を落とすと、蓮の足元に赤い火花が纏わりついていた。返答次第では、実力行使をするつもりなのだろう。車の鍵を没収しただけの八千流に比べて、容赦がない。

だが、蓮の答えは初めから決まっている。

「猫又族……韋駄天ネズミ……鬼族……皆、力を合わせて、一人の少女を救おうとしている。僕だけがここに残っているわけにはいきません」

「……蓮」

「僕を行かせたくなければ、両足を斬り落としてください。多少痛めつけた程度では、僕を止めることは出来ませんよ」

蓮が振り向きざまに宣言する。

蔵之介の顔からは笑みが消え、冷徹な眼差しを向けていた。

ひりついた空気の中、両者の視線がぶつかる。

先に沈黙を破ったのは、蔵之介だった。

「そうか。お前の気持ちはよくわかった」

「ご意向に添えず、申し訳ありません」

「口先だけの謝罪はいらないさ。それじゃあ……」

蔵之介がスラックスのポケットに手を入れる。

「後で、二人で八千流に怒られようか」

言葉の意図を図りかねる蓮に、蔵之介が何かを放り投げる。反射的にそれをキャッチした蓮は、目を見開いた。

「これは……」

「私の車の鍵だ。それを使うといい」

蔵之介はふっと頬を緩めて言った。

「父上……ありがとうございます」

「霞さんがお前を待っている。早く行ってあげなさい」

「……はい！」

蓮は力強く頷き、玄関へ駆けていった。

遠ざかっていく足音を聞きながら、蔵之介は喉を鳴らして笑った。

「さあ、どうする政嗣？　蓮は私や八千流よりも、ずっと頑固で手強いぞ」

蔵之介から預かった鍵を握り締め、蓮は屋敷の外に出た。墨色の夜空に、白い月が虚（うつ）ろに浮かんでいる。今夜は満月だった。

（さて……雅さんたちはどこに向かったのだろう）

移動手段は確保出来たものの、行き先がわからない。護衛たちに電話で聞き出そうとしても、おそらく八千流に口止めされているだろう。

妙案はないかと考えを巡らせる。

「チュー……チュー……」

足元から小さな鳴き声が聞こえ、蓮は足下に目を落とした。

年老いた韋駄天（いだてん）ネズミが、ヨタヨタと歩いていた。若いネズミに比べて歩調が遅く、小さな体を小刻みに震わせている。

「いかがされましたか、ご老人」

蓮が両手で老ネズミをひょいとすくい取る。

「お主は鬼族の……？」

先ほどの群れの中にいなかったネズミだ。蓮は会釈をして、自己紹介をした。

「はい。鬼灯蓮と申します」

「ワシの名は……何じゃったかのぅ。ただ、千年以上生きているのでな。若い衆からは長老と呼ばれておる」

「千年……長生きですね」

蓮の言葉に、長老は首を横に振った。

「それ以外、何の取り柄もないがのぅ。そんな老いぼれの頼みを一つ聞いてくれんか？」

「何でしょうか？」

「ワシを霞という少女のもとに連れていってくれぬか。ワシも皆についていこうとしたのだが、危ないからと止められてな。だが、居ても立っても居られなくてのぅ」

「僕も同じです。一緒に霞さんを助けに行きましょう」

蓮は蔵之介の車に乗り、自分の肩に長老をのせた。

「道案内なら、ワシに任せるとよい。仲間たちの匂いを辿っていけば、追いつけるはずじゃ」

「感謝いたします、長老」

蓮は車のエンジンをかけて、速やかに発進させた。

「そこを右じゃ」

「はい」

長老の指示に従って、ハンドルを回す。いつしか車は都心を抜けて、長いトンネルに差しかかった。

「蓮とやら。お主に恐ろしいと思えるものはあるか」

「恐ろしいと思えるものですか……すぐには思いつきません」

唐突な問いかけに、蓮は正直に答えた。

「ワシには山ほどある。所詮はすばしっこいだけのネズミじゃ。長すぎる年月の間に、多くの同胞を失った」

「……心中お察しします」

「何かを恐れるということは、己の弱さを認めることでもある。しかし、それは決して悪いことではない」

トンネル内のオレンジ色の照明に照らされながら、長老はとうとうと語る。

「よいか、鬼の子よ。恐れることを受け入れよ。恐怖を受け入れられなければ理性を喪失させ、多くの者を傷つけ、やがては己自身を滅ぼす」

「はい……肝に銘じておきます」

ようやくトンネルを抜け、車内を再び薄闇が包む。外灯の光だけが頼りの車道を走り続ける。

「仲間の匂いが濃くなってきたぞ。もう少しじゃ」

長老が声を弾ませる。

月下にそびえ立つ山を見据え、蓮はハンドルを握り締めた。

第八章　破壊の黒

霞はベッドの上で膝を抱え、ひたすら時間が過ぎるのを待っていた。耳を澄ませると、外から虫の涼やかな音色が聞こえてくる。

部屋の明かりはつけずにいた。明るくても暗くても、どうでもよかった。

窓から差しこむ青白い月明かりが、暗い室内を照らす。

夜空にちりばめられた無数の星。その中心で、真っ白な月が静かに浮かんでいた。美しいこの光景が、今の霞にとっては不安を煽るものでしかない。

（ああ、夜になっちゃった……）

子ネズミが助けを呼びに行ってから、どれほど経っただろうか。この部屋に時計はなく、スマホも取り上げられているため、正確な時間がわからない。

「雅……蓮様……」

二人の名前をぽつりと呼び、膝に顔を埋める。

もう二度と会えないかもしれない。

そんな恐怖に苛まれ、ぎゅっと瞼を閉じる。そうしなければ、大声で喚き散らしてしまいそうだった。

「……痛っ」

突然左の手の甲が激しく痛み出し、霞は驚いて顔を跳ね上げた。

手の甲に、黒い模様が浮かんでいるように見えた。だがそれは、すぐに消えてしまった。同時に謎の激痛も治まる。

今のは、いったい。霞は月にかざした手を、確かめるように見つめた。

その時、部屋のドアをノックする音が響く。

「政嗣様をお連れしました」

外側にかけられていた鍵が解錠され、ゆっくりとドアが開かれる。

「ああ。照明をつけずにいたのか。暗かっただろう？」

パチン。スイッチを入れる音の直後、照明の光が室内を照らした。突然周囲が明るくなり、霞は目を細める。

「政嗣……様」

霞はドアの方向を睨みながら、そこに立つ男の名を呼んだ。政嗣が悠然とした足取りで室内に踏み入る。他の男もそれに続く。

霞は慌ててベッドから下りて、壁際に後ずさりをした。

強い警戒心を示す霞に、政嗣が煩（わずら）わしそうに肩をすくめる。

「政嗣様はあなたと取引がしたいだけです。そのように怯えないでいただきたい」

「取引……？」

「ええ。あなたにとっても、悪い話ではないと思いますよ」

「そんなの……信じられません」

霞はふるふると首を横に振る。政嗣が薄ら笑いを浮かべて話を切り出す。

「取引と言っても、難しい話ではない。ただ我々と手を組まないかと提案したいだけだ」

「私と……あなたたちがですか？」

政嗣は歩きながら、言葉を継いだ。

「私たちがこの国を統べる。君がいれば、それは決して不可能ではないのだ」

「……おっしゃっていることの意味がわかりません。それにあなたたちに協力する理由なんて……」

「君は本来、東條家とは何の関わりもない娘だ。表向きは親戚の子どもを養女として迎えたことになっているが、実際はそんな親戚など存在しない。……そして君は、純血の人間だ」

政嗣はそう締めくくり、霞の腕を掴んだ。

「わかるかね？　君が東條家の一員として、鬼灯家に嫁ぐ必要などないのだ。あの若造は君に相応しくない」

　その一言に、霞はむっと眉をひそめた。

「蓮様を悪く言わないでください」

「それはすまない。だが私は本家の者に対して、以前から悪感情を持っていてね。つい言葉になって出てしまう」

「でも、あなたと蔵之介様はあんなに仲良さそうに……」

「君には仲良く見えていたか。……冗談じゃない」

　言いかける霞を遮り、政嗣は苦笑気味に否定した。

「蔵之介は優秀な男だ。鬼族を統べるに相応しい器の持ち主であると、私も認めている。……だが、息子に甘すぎるきらいがある」

　政嗣が霞の腕を掴む手に力を込める。

「鬼灯家の家督相続は、代々世襲制が取られている。そこには何の文句もない。だが、社長の座を蓮に譲ると言い出した時は、流石に腹立たしかったよ。そう思ったのは、私だけではなかった。長年事業の経営に尽力し続けてきた我々をないがしろにして……こんな馬鹿げた話があるか？」

「う……っ」

　霞は締めつけられるような痛みに、かすかに呻いた。それに構わず、政嗣は独善的な主張を述べる。

「挙げ句の果てに、神城家の娘を息子の許嫁に迎えるだと？　贔屓にも程がある。だったら何か一つくらい横取りしても、罰は当たらないのではないか？」

「カミ、シロ……？」

黒田もその名を口にしていた。たどたどしく呟く霞に、政嗣は意外そうに目を見開いた。

「何だ。君は自分のことを何も知らないのか」

「どういう……ことですか？」

霞は声を震わせながら問いかける。

この男の言葉に耳を傾けてはいけない。頭では理解していても、聞かずにはいられなかった。

自分は何者で、両親は誰なのか。

ずっと、ずっと知りたいと思っていたのだ。

純血であることを周囲に悟られないように、と幼い頃から両親や祖父にそう言われてきた。

霞は何の疑いも持たず、それを守り続けていた。

もし自分が猫又族ではないと知られたら、東條家の人々に迷惑がかかると思ったたから。大好きな家族と一緒にいられなくなってしまう気がしたから。

……そうなったら、私は今度こそ独りぼっちになってしまう。いつも漠然とした不安を抱えていた。

自分は本当の両親に捨てられ、東條家に拾われたのだと。そう思ってた。

祖父はそのことを感じ取っていたのだろう。霞を安心させるように、優しく頭を撫でながら言った。

――いいかい、霞。お前のご両親は、お前を本当に愛していた。お前を捨てたわけじゃないんだよ。

霞は祖父の言葉を信じた。信じたいと、思った。

――いつか、お前にすべて話そう。

祖父はそう言ってくれたが、その「いつか」は訪れなかった。病に倒れ、秘密を抱えたまま、彼は息を引き取った。

話さないほうが、霞のためだと判断したのかもしれない。祖父の最後の優しさだと霞は思った。

だからそれ以来、自分の素性について考えることをやめた。祖父もそう望んでいると思ったから。だけど……

「お願いです、教えてください！　私は……私は何者なのですか……っ⁉」

知りたかったものが目の前にある。霞は激情に駆られ、政嗣につめ寄った。

「……いいだろう。早かれ遅かれ、すべてを知ることになるのだ。君は――」

「ま、政嗣様！　何者かが山中に侵入し、こちらに向かっていると見張り役から連絡が入りました！」

政嗣が何かを言いかけた時、政嗣の部下がトランシーバー片手に、部屋に駆けこんできた。

「よもや蔵之介か……どうやってここを嗅ぎつけた？」

忌々しそうに呟きながら、政嗣は黒田を睨んだ。あらぬ疑いをかけられ、黒田は慌てて否定する。

「この場所は、誰にも知らせていません。彼女を連れ去る時も、尾行されている気配はありませんでした」

霞を横目で見ながら弁明する。しかしそれは、予想外の事態に気が立っていた政嗣を苛立たせた。霞の腕を離し、黒田を厳しく問いただす。

「だったらなぜバレた？　発信機が仕込まれていたのではないか？」

「車内にいる時に探知機で調べてみましたが、何の反応も……」

黒田の言葉を遮るように、トランシーバーから男の叫び声が聞こえた。

『侵入者を確認しました！　ですが、あれは……』

「本家の連中か？」

部下からトランシーバーを奪い取った黒田が問う。

『い、いいえ。おそらく違います。ネズミの大群を引き連れた……ぐぁっ⁉』

バキッ。打撃音とともに悲鳴が上がった。その後も、揉み合うような激しい物音が暫し続く。そして最後に何かが倒れるような音の後、何も聞こえなくなった。

「どうした？　おい、返事をしろ！」

黒田が焦りを見せながら、催促する。直後、トランシーバーから声が返ってきた。

『その声……黒田だな？』

途端、霞は大きく目を見開いた。

「雅！」

鬼灯邸に辿り着いた子ネズミが、雅たちに知らせてくれたのだろう。

「お、お前……まさか東條雅か⁉」

黒田の顔に驚愕（きょうがく）の色が浮かぶ。男を嘲笑（あざわら）うように、通信機の向こうで雅がくつくつと笑う。

『大袈裟（おおげさ）じゃのう。そんなに驚かなくてもいいではないか』

「バカな……なぜお前がここにいる？」

政嗣が信じられないといった表情で呟く。それを聞き取った雅は、低い声で言った。

『そんなの、姉上を助けに来たからに決まっておるじゃろうが』

機械越しでも伝わる気迫に、政嗣たちの顔が強張る。

『そういうことじゃ。今からそちらに行くからのぅ……全員首を洗って待っていろ』

その言葉を最後に、プツッと通信が切れる。

「ま、政嗣様、いかがいたしますか?」

男の一人が情けない声で、政嗣に指示を仰ぐ。政嗣は渋い顔をする。その視線は霞へ向けられていた。

「東條雅を捕らえて、ここへ連れてこい。妹が人質に取られたら、少しは聞き分けもよくなるだろう?」

政嗣はこの状況をも利用しようとしている。妹の危機を察し、霞は窓の外を見た。

「雅……皆……っ!」

今の霞には、彼らの無事を祈ることしか出来なかった。

一方その頃、雅と韋駄天ネズミたちは麓を見張る政嗣の部下を叩きのめし、意気揚々と山道を駆け登っていた。

「ふはははっ! 雑魚どもなど、恐るるに足らず! このまま突き進むぞっ!」

「「「チュウッ!!」」」

雅のかけ声に、ネズミたちが力強く応える。子ネズミを含めた数匹が先頭に躍り出た。

「先陣は我々にお任せください！　この先にいる連中を、ちょっくら蹴散らしてまいります！」

「うむっ、任せたぞ。行ってくるがいい！」

「ではお先にっ」

ネズミたちが暗闇の中へ消えていく。それを見送りながら、雅が傍にいたネズミに顔を寄せる。

「威勢がよい奴らじゃのぅ」

「ええ。久しぶりの大仕事で張り切っているのでしょう」

「そうか。しかし、あやつら戻ってきたぞ」

「チュッ⁉」

なぜか先陣を切ったはずのネズミたちが、慌ただしく引き返してくる。

「後退、こうたーいっ！」

「お助けください、雅様ーっ！」

四肢を大きく広げ、雅に勢いよく抱きつく。その情けない姿に、雅が呆れたような声を出す。

「何じゃ、お前ら。さっきまでの威勢はどうした⁉」

「そう言われましてもーっ！」

「まったく、いったい何に怯えて……」

前方に目を凝らした雅は、眉をひそめた。常人であれば、ただ闇が広がっているとしか見えないだろう。

だが、夜目の利く猫又族である雅には、はっきりと見えていた。暗視スコープを用いて、こちらへ銃口を向けている男たちを。

「み、雅様っ。あやつら、物騒なものを持っておりますぞ！」

他の韋駄天ネズミたちも、そのことに気づいて狼狽える。しかし雅は怯むことなく近づき、忌々しそうに前方を睨みつけた。

「この山の中では、奴らは火の異能を使えんからのぅ。下手をすれば、山火事を起こすことになる。……だが」

雅はそこで足を止めた。

「小娘とネズミ如きに、あんな玩具を用意するとはな」

暗闇の向こうを見据えたまま、おもむろに右手を伸ばす。突然動きを止めた雅に、男たちが訝しんでスコープから目を離した。

「鬼風情が。猫を舐めるなよ」

雅の双眸が青白く発光する。

直後、男たちの構えていた銃が瞬く間に分解して、バラバラと地面に落下した。何が起こったのかわからず、男たちが戸惑う声を上げている。

「今じゃ、お前ら！　あやつらを一人残らず倒せ！」

「承知いたしました！」

雅に命じられ、一度は退散した子ネズミたちが駆け出した。暗視スコープをも落とされてしまい、なす術のない男たちへ襲いかかる。

「その調子じゃ。よし、私たちもあやつらの後に続……」

そこまで言いかけ、雅の体が大きく揺れ、ガクンとその場に膝をつく。

「雅様⁉」

雅の異変に、韋駄天ネズミが素早く駆け寄った。

「……心配いらぬ。少し眩暈を起こしただけじゃ」

「で、ですが、体調が優れないようにお見受けいたします」

「あやつらの銃をバラすのに、異能を使ったせいじゃろ。私たちの念動力は、離れたものに対しても作用するが、その分神経を集中させねばならない。その反動がわりとキツくてのぅ」

雅は深く息をつき、おぼつかない足取りで立ち上がった。

ふらつきながらも歩き始める雅を、ネズミたちが懸命に引き留めようとする。

「霞様は我々に任せて、雅様はこちらでお休みください！」

「そのお体では危険でございます！　雅様にもしものことがあれば、霞様に何とお伝えすれば……」

「多分『もしものこと』はないと思うがのぅ」

異能の反動に苛まれながらも、雅は冷静だった。歩きながら話す。

「あやつらは確かに銃口はこちらへ向けておったが、よく見たら引き金に指をかけていなかった。ありゃただのはったりじゃろうな」

「そういうことでしたら、銃を向けられても恐れることはありませんな！」

「私はな」

雅のその一言に、韋駄天ネズミたちが「えっ」と真顔になる。

「おそらく奴らの狙いは、私を生け捕りにして人質にすることじゃろ。誰を脅すためなのかは知らんがな」

「それならば我々も……」

「いや、お前らはただのネズミじゃろ。人質の価値なんぞないから、ズドンと一発ぶちこまれて終わりだぞ」

「ズドンと……一発……！」

容赦のない物言いに、ネズミたちがすくみ上がる。両目を前脚で隠して小刻みに震える彼らを見下ろし、雅は穏やかに微笑む。

「……だから、お前たちはここまででよい。屋敷に戻って、チーズでもかじりながら私たちの帰りを待っていろ」

「いえ、そういうわけにはまいりません」

そう言いながら、子ネズミたちが雅のもとへ戻ってきた。男たちに噛みついてきたのか、口の周りには血痕が付着している。

「命を捨てる覚悟でついてこいとおっしゃったのは、雅様ではございませんか」

「だが……」

「数百年ぶりの我らが主（あるじ）。最期までお供させていただきます」

子ネズミの言葉に同調するように、他の韋駄天（いだてん）ネズミも神妙な顔つきで頷く。

雅は無言でネズミたちを見回すと、清々しい笑みを浮かべて言った。

「さっきはあんなにビビっておったくせに、口だけは達者な奴らじゃのぅ」

「突然銃を向けられたら、誰でも驚きます。雅様の肝が据わりすぎているのです」

雅に嫌みを言われても、子ネズミはさらりと言い返す。

「猫又族たる者、常に威風堂々（いふうどうどう）たれ。それが東條家の家訓じゃ」

ネズミたちと話をしている間に、眩暈（めまい）は治まってきた。雅は胸元で腕を組み、仁王立ちながら言葉を放った。

ネズミたちから「おおー」や「かっこいいです」といった声が上がる。

そんな中、誰かが「傍若無人の間違いでは？」と小声で呟く。それを聞き逃さなかった雅が眼光を鋭くする。

「今、言った奴出てこい。逆さ吊りの刑にしてやる」

「動物虐待、反対でございます」

雅に凄まれようと、サラッと受け流す韋駄天ネズミたち。そのうちの一匹が、しきりに周囲を見渡し始めた。

「どうしました？」

近くにいた仲間が話しかける。

「私の旦那が見当たらないのです。先ほどまで隣にいたのに……」

「それは、こいつのことか？」

暗闇の中で、ドスの利いた低音が響き渡る。

その直後、懐中電灯の白い光が雅たちを照らす。いつの間にか政嗣の一味が、背後に迫っていたのだ。

真ん中に立つ男が、掴んでいるものを雅たちに見せつける。

「あなたっ！」

男の手の中にいる夫の姿に、妻のネズミが悲痛の声を上げる。敵に捕らえられながらも、夫は凛々しい面持ちで気丈に振る舞う。

「雅様！　私などに構わず、早くこの者たちを倒し……」

しかし途中で言葉をつまらせ、目を潤ませながら小さな体を震わせる。

「う、うぅっ。雅様、どうか私のことを忘れないでください……！」

「まったく世話がかかるのぅ……」

念動力を使おうと、雅が右手を上げようとする。だが、それを見越していた男が先手を打った。

「妙な真似をすれば、このネズミを握り潰しますよ」

そう言って、手に力を込める。「チュッ」と苦しそうに呻くネズミを見て、雅は舌打ちをしながら手を下ろした。

「……やることがあくどい」

「我らには、もう後がありません。目的を果たすためなら、どんな手でも使います」

冷ややかな言葉を浴びせる雅に、男が硬い表情で切り返す。

「東條雅様。どうか我々の指示に従ってください」

彼らの手には、拳銃の代わりに懐中電灯が握られている。ネズミさえ人質に取れば、雅は反撃に出られないと確信しているのだろう。

落ち着け、と雅は自分に言い聞かせながら、彼らを睨みつけた。すると彼らの後方に、ゆらりと人影が見えた。若い男だろうか。徐々にこちらへ近づいてくる。

雅は観念したように両手を上げた。

「わかった。貴様らの言うことを聞いてやる。だから、そのネズミをとっとと解放しろ」

「ですが、雅様……っ」

あっさりと要求を飲んだ雅に、韋駄天ネズミたちがざわつく。しかし雅に「黙っていろ」と言われて、口を噤んだ。

「ご協力感謝いたします。さあ、こちらへ」

ネズミを掴んだまま、男が雅へ歩み寄る。その肩を、背後から誰かがポンと叩いた。

「ん？　なん……ぐはっ」

振り返った男の顔面に、強烈な掌底が放たれた。避ける間もなく直撃を食らった男が、鼻血を出しながら仰向けに倒れる。

「はっ！　今のうちに……！」

ネズミが手の中から素早く脱出する。しかし残された他の男たちは、それに構っている場合ではなかった。気絶した男の傍らに立っている人物に、目を大きく見開く。

「あなたは……！」

「皆さん、こんばんは」

常と変わらない穏やかな物腰で、鬼灯蓮が一礼する。

「は、はい」

その自然な動作につられ、一人が頭を下げようとする。その隙を突き、蓮は男の腹部に拳を叩きこんだ。

「ぐっ」

白目を剥き、ぐったりと蓮に寄りかかる男。その体を地面にそっと寝かせようとする蓮に、残りの連中が襲いかかった。

「させるかぁっ！」

「チュウウウッ！」

人質がいなくなり、雅と韋駄天（いだてん）ネズミたちが攻勢に転ずる。そして瞬く間に彼らを鎮圧したのだった。

「ふん。他愛のない」

地面に横たわる男の背中を踏みつけながら、雅が吐き捨てるように言う。

「雅さん。それにネズミさんたちも、お怪我はありませんか？」

蓮がその辺りに転がっていた懐中電灯を拾いながら尋ねる。

「この通り、全員ピンピンしとるわ。それより鬼ボン。お前、どうしてこんなところにおるんじゃ。鬼婆に止められていなかったか？」

雅が怪訝そうに尋ねる。先ほど政嗣の一味に従う振りをしたのは、彼らの背後に忍び寄る蓮に気づいたからだった。

「はい。ですから、こっそり屋敷から抜け出してきました」

「ワシが鬼の子をここまで案内したのじゃ」

蓮のスーツの胸ポケットから、年老いたネズミがぴょこんと顔を出す。韋駄天ネズミたちが「長老⁉」と声を上げた。

「若い者にはまだまだ負けられぬよ」

唖然とする面々に向かって、長老が満面の笑みでピースサインをする。

「お前も意外とやることが大胆じゃな。そんなに姉上を助けたいのか？　んん？」

雅は口元に手を当て、ニヤニヤと笑いながら蓮の顔を覗きこむ。照れる姿を期待して。

「はい」

蓮は涼しげな表情を崩すことなく、即答した。

「みんなで力を合わせて、霞さんをお救いしましょう」

「おもしろみのない男じゃのー」

「……？　何か気に障るようなことを言ってしまいましたか？」

「こちらの話じゃ、気にするな」

雅は溜め息交じりに言うと、蓮の衣服や髪にくっついた葉っぱや木くずを払い落とし始めた。

「しっかし、次期当主ともあろう者がひどい見てくれじゃのぅ。お前、車はどうした？」

まさかここまで徒歩で来たわけじゃあるまい。犬を撫でるように蓮の頭をわしゃわしゃと撫で回しながら、雅は質問した。

「父に借りた車で山まで辿り着いたのはいいですが、ちょうど麓（ふもと）の辺りで本家の護衛と政嗣様の協力者たちが交戦していたのです。それに巻きこまれないよう、車を降りてここまで走ってきました」

「何だと？　麓（ふもと）にいる奴らは、あらかた私たちが片づけて……」

遠くから聞こえてきた銃声らしき発砲音に、雅は言葉を切った。

蓮は鳥の巣と化した自分の髪を手櫛（てぐし）で整え、山の下方へ視線を向ける。

「政嗣様が増援を呼んだのでしょう。総力戦の構えのようです」

政嗣の霞に対する尋常ではない執着を感じ、雅は顔を歪める。

「急ぎましょう。霞さんが心配です」

「引き続き、道案内は私にお任せあれ」

子ネズミが走り出し、その後を雅たちが追いかけていく。追っ手に見つからないように、鬱蒼と生い茂る獣道を走り続ける。

どれほど経っただろうか。長い坂道を登り切ったところで、大きく開けた場所に出る。

「あちらが政嗣の別荘です！」

子ネズミは立派な二階建ての建物を指し叫んだ。

別荘の手前では、政嗣の一派が雅たちの行く手を阻んでいた。そしてその集団を率いている男を目にして、蓮は表情を曇らせる。

「……黒田」

「蓮様、どうかお引き取りください。出来ることなら、あなたに危害を加えたくありません」

手を後ろに組みながら、黒田は事務的な口調で告げた。

「それはあなたたち次第です。霞さんを返していただければ、僕たちもすぐに帰りましょう」

蓮が冷静に切り返す。その隣で、雅が憎らしげに別荘を見上げた。

「とっとと姉上を返せ。そうすれば、半殺し程度で済ませてやる」

「どちらもお断りいたします。彼女を引き渡すわけにいきませんし、半殺しになるつもりもございません。……雅さん、血の繋がりがないというのに、なぜそこまで躍起になるのか、理由がわかりません。もうお姉様のことは諦めてくださいませんか？」

「何だと……！」

身勝手な物言いに腹を立て、雅が前に出ようとする。しかし蓮が「雅さん」と腕を上げ、それを制止した。黒田をまっすぐ見据えたまま。

「そんな言葉で僕たちが引き下がると思いますか？」

「……思いませんよ。あなたは鬼らしくもなく、道理の通らないことをよしとしない潔癖なお方だ。綺麗事ばかりでは生きていけないというのに……」

黒田は自嘲気味の笑みを浮かべ、背中に回していた右手をゆっくりと前に出す。その手には拳銃が握られていた。

それを合図に他の者も一斉に銃口を蓮に向けた。重心を低くして、引き金に指をかけている。

決してハッタリではないと、雅はごくりと息を呑んだ。

「本気ですか？」

臆する様子も見せず、蓮が確認するように尋ねる。

「どのみち、蔵之介様が本家の権限を政嗣様に譲り渡していただけないのであれば、こうするつもりでした。悪く思わないでください」

「そのようなやり方、誰も納得しませんよ」

「それはどうでしょうか。『彼女』の力があれば、誰も我々には逆らえない」

蓮に冷ややかな声で指摘され、黒田は語気を僅かに強めた。そして、引き金にかけていた指に少しずつ力を込めていく。

「鬼ボン、お前はどいていろ！　ここは私が……！」

雅が咄嗟に蓮を後方へ下がらせようとする。だが、蓮は静かに首を横に振った。

「大丈夫です。彼らの弾丸が、僕に届くことはありません」

「はっ？」

雅が怪訝そうに眉をひそめたと同時に、相次いで破裂音が鳴り響いた。

「チュウゥッ！」

韋駄天ネズミたちが前脚で自分の目を覆い隠す。雅も反射的に瞼を閉じたが、なぜか一向に血の匂いがしない。

恐る恐る瞼を開けたのだが、雅は幻覚でも見ているのかと、我が目を疑った。

蓮を撃ち抜くはずだった無数の銃弾が、彼の前でピタリと停止している。やがてそれらは、蓮の足元にバラバラと散らばった。

「弾が止まった……⁉」

信じられない光景を目の当たりにして、男たちの顔に驚愕の色が浮かぶ。

黒田だけは、一瞬安堵するように頬を緩めた。しかしすぐに表情を切り替え、仲間たちへ号令をかける。

「怯むな！　鬼灯蓮を撃ち殺せっ！」

黒田の言葉で戦意を取り戻した者たちが、再び蓮に狙いを定めて発砲する。だが、弾丸が届くことはなかった。見えない壁に阻まれ落下する。

雅は首を傾げながら、その様子を眺めていた。

「どういうことじゃ？　念動力を使って止めているのか……？」

「雅様、こちらをご覧ください」

一匹のネズミが弾丸を抱えてやってくる。それを受け取り、雅は片眉を上げた。

「この弾、水滴がついておるな」

「あっ。こちらに落ちているのも濡れております」

銃弾が鳴り響く中、雅と韋駄天ネズミたちが地面に散らばった弾丸を集める。いずれも、雨が降っていないにもかかわらず水滴が付着していた。

雅たちの会話を聞いていた蓮が種明かしをする。

「鬼族はすべてを焼き尽くす火の異能を宿しています。ですが鬼灯本家の血を引く者だけは、生まれつき二つの異能を持っている。……火と水です」

「水だと……？」

雅が蓮の前方に目を凝らす。うっすらと膜のようなものがあり、どうやらそれが弾丸を防いでいるようだった。

「この水の防壁は、いかなる攻撃も通しません。そして……」

蓮の瞳が青白く発光する。直後、蓮たちを守っていた水の膜は見えない刃となり、一瞬ですべての銃を切り裂いた。

愕然とする男たちに向かって、蓮は言葉を継いだ。

「これで終わりです。ここを通してくれませんか？」

蓮の背後では、雅と韋駄天ネズミたちが歯を剥き出しにして臨戦態勢を取っていた。

「……そうするしかないようですね」

自らの敗北を悟り、黒田は弱々しく笑った。往生際の悪い男が蓮に飛びかかるが、雅が跳び蹴りを食らわせて撃退する。

蓮は脱力して地面に座りこんだ黒田の前にしゃがみ、目線を合わせた。

「黒田。あなたなら、こうなることがわかっていたはずです」

「……」

「本当は止めてほしかったのですよね？」

「結構辛いものですよ」

蓮の質問に答えず、黒田は言った。

「目的のために手段を選ばないというのは。時折どうしようもなく、やるせない気持ちになる」

「……そうですか」

蓮は再び立ち上がると、黒田の横を通りすぎて別荘へ歩き始めた。

「あいつは裏切り者じゃぞ。一発くらい殴ってもよかったのではないか？」

蓮に駆け寄りながら、雅が後ろをチラリと振り返る。

数秒して蓮は突き放すような口調で言う。

「いえ。彼を裁くのは、僕の役目ではありませんから」

「お前、見かけによらず厳しいのぅ」

おそらくあの男は、蓮によって罰せられることを望んでいたのに。雅はぼそりと呟いた。

その頃、別荘の中では政嗣がどこかへ電話をかけていた。通話を切り、「クソッ」とスマホを握り締める。

「どいつもこいつも、『本家を敵に回したくない』だと？　この腰抜けどもが！」

事情をあらかた説明して救援を求める旨を伝えたものの、すげない態度を取られたのだろう。口汚く吐き捨てる政嗣を、霞は強張った表情で見つめていた。両手は後ろで縛られており、両脇には政嗣の配下が立っている。

窓から外の様子を見ていた男が、青ざめた顔で報告する。

「東條雅が別荘に辿り着きました……」

「黒田たちに捕獲させろ。いかに高い身体能力と念動力を持っていようとも、数にものを言わせればどうとでもなるだろう」

「それが……鬼灯蓮によって、別荘の警備に当たっていた者たちが無力化されました」

「何だと⁉」

政嗣はまたしても想定外の事態に愕然とした。

「用心して屋敷に残っているものと思っていたが……よほど、神城の娘を奪われたくないと見える」

「政嗣様、我々はどうすればよいのですか⁉」

「麓を守っていた者たちからの連絡も途絶えています。このままでは……！」

自分たちの置かれた状況に、不安の声が上がる。政嗣が「騒ぐな！」と一喝すると、室内は静まり返った。

「向こうの目的も神城朧だ。この娘を盾にすれば、蓮も迂闊に動くことは出来まい」

政嗣の双眸が赤い光を帯びる。バチッと赤い火花を散らしながら、霞の喉元に炎の輪が現れた。

「熱……っ！」

肌にはギリギリ触れていないものの、焼けつくような熱を感じる。霞は思わず顔を歪めた。

「蓮や君の妹が余計な真似をしなければ、君の白い喉を焼いたりはしない。さて、私と一緒に逃げてもらおうか」

政嗣が部屋を出ていこうとする。だが両脇の男に促されても、霞は歩き出そうとしなかった。

「……い、嫌です」

消え入りそうな声でぽつりと零す。政嗣が足を止め、その言葉を聞き咎める。

「今、何と言った？」

「……っ！」

鋭い眼光を向けられ、炎が一瞬喉を掠めた。その熱さに、一瞬身震いを起こす。急所を焼かれるかもしれない恐怖に、心が押し潰されそうだ。

ダメ、落ち着いて。霞は大きく深呼吸して、自分に言い聞かす。今ここで屈服したら、相手の思う壺だ。

そもそも自分は何の目的で攫(さら)われ、何に利用されようとしているのだろう。もしかしたら悪事に加担させられるのかもしれない。従わないと殺される？　弱い自分が顔を出しそうになる。

けれど、これ以上言いなりになんかなりたくない。こんな人に自分の幸せを奪われてたまるものか。

そんな意地と少しの勇気が霞を奮い立たせた。

後ろ手に縛られた手を強く握り締め、今度は凛とした声で言う。

「私は逃げません。蓮様と雅が迎えに来るのを待っています」

「……顔に似合わず、強情な娘だ」

政嗣が呆れたような口調で呟き、炎の輪をゆっくりと……獣をいたぶるように少しずつ縮めていく。

それでも霞は、その場から一歩たりとも動かない。蓮たちが助けに来てくれると信じて、待ち続ける。

そして炎が霞の喉を絞めようとした時だった。

「うおぉぉぉっ‼」

ガシャンという音とともに、雅が窓ガラスを蹴破って室内に飛びこんできた。政嗣は目を大きく見開きながらも、すかさず命じる。

「神城朧を奪われるな！　あの小娘を焼き殺しても構わん！」

雅は真っ先に姉を取り返そうとするだろう、そう判断してのことだった。

しかし次の瞬間、雅がニヤッと口角を上げた。それを目にした政嗣は、指示を誤ったと悟ったが遅かった。

雅は霞には目もくれず、勢いそのままに政嗣の顔面を蹴りつけた。

「がっ……」

政嗣の体が廊下へ叩き出される。霞の脇にいた男たちは、突然のことに呆気に取られていた。

「ま、政嗣さ……うわぁぁっ⁉」

「チュウッ！　霞様から離れよ！」

こっそり室内に侵入していた韋駄天ネズミが、男二人に襲いかかる。

全身に噛みつかれ、髪をむしり取られ、引っかかれ……ボロボロになった彼らは、慌ただしく部屋から逃げ出してしまった。廊下に倒れている政嗣を見捨てて。

「姉上、怪我はないか⁉」

「雅！　ネズミさんたちも……」

霞は張りつめた糸が切れたように、床にへたりこんだ。韋駄天ネズミたちが心配そうに霞の膝に飛び乗る。

「安心して力が抜けてしまったのか？　仕方がないのう。ここは私が姉上を背負って……待て。何じゃ、それは」

腕を縛りつけていた紐をほどきながら、雅は霞の首を見て、さっと顔色を変えた。

「これは……火の異能によるものですね。何とむごいことを……」

ネズミの一匹が、悲しそうに眉を寄せる。

「おのれ、政嗣め！　早くこれを消させて――」

雅の怒号を遮るように、廊下からドサッという音がした。程なくして、黒髪の青年が部屋に入ってきた。

「蓮様！」

「こんばんは、霞さん。ご無事……ではないようですね」

霞を一目見るなり炎の輪に気づいた蓮は、霞の喉元に手をかざした。小さな水球が無数に現れ、ぐにゃりと変形しながら炎を包んだ。

「おお……炎が消えたぞ！」

「これでもう大丈夫です」

蓮が手を下ろしながら言う。

霞は喉の辺りに触れてみた。全然熱くないどころか、ひんやりと冷たい。

「少し火傷をしていますので、水の膜で皮膚を保護しました。屋敷に戻ったら、手当てを受けてください」

「は、はい……？」

水の膜？　蓮が持つ、もう一つの異能を知らない霞はよくわからないまま頷いた。

そしてビシッと姿勢を正し、蓮たちに深々とお辞儀をする。

「みんな……助けに来てくれて、ありがとうございます」

「「……」」

雅と蓮は互いの顔を見て、ふっと笑みを浮かべた。

「何を言うかと思えば。姉上の危機に駆けつけるのは当然ではないか」

「霞さん。みんな、あなたの帰りを待っていますよ」

「……っ。はい！」

霞はぐすっと鼻を啜（すす）って、元気に返事をした。

「霞様ーっ！」

霞の掌に飛び乗ったのは子ネズミだった。霞が顔を寄せると、うれしそうに頬擦りをする。

「みんなをここまで連れてきてくれて、ありがとう。よく頑張ったね」

「ふへへ。もっと私をお褒めください」

前脚を自分の頬に当てて、ご満悦な様子の子ネズミ。それを見ていた他のネズミたちが、「私も頑張りました！」「私だって！」とこぞって主張し始める。

「おうおう、ネズミどもは下がっておれ！　一番活躍したのは私じゃ！」

雅もその熾烈な争いに参戦する。

「皆さん、ひとまず屋敷に戻りましょう。みんな心配しているでしょうし、母からの鬼電が着信三十件を超えました」

蓮がスマホの画面を霞たちに見せつける。『八千流』で着信履歴が埋め尽くされていた。

「こ、こんなにたくさん……まさか八千流様の身に何かあったのでは!?」

「それはないじゃろ。まあ、鬼婆は姉上にベタ甘だからのぅ。後で鬼ボンと一緒に頭を下げてやれ」

何となく事情を察した雅が、霞の肩をポンと叩いて助言する。

「いえ。これは僕の問題ですから、霞さんを巻きこむわけには……」

ふいに蓮が言葉を切った。険しい表情で背後を振り向いたと同時に、赤々と燃え盛る炎が雅に突っこんでくる。

「……！」

霞が息を呑んだ次の瞬間、蓮が水の防壁を作り出し、炎を阻む。

「東條雅！　この私を……貴様は許さんぞ！」

恐ろしい形相の政嗣が、赤い双眸で雅を睨みつける。髪や衣服は乱れ、鼻からは血を流していた。

「何じゃ、まだやる気か？　相手になるぞ」

政嗣に冷ややかな視線を送りながら、雅が挑発する。政嗣は怒りで顔を赤らめ、声を荒らげた。

「猫如きが調子に乗るな！　こんなことになるなら、あの時毒で殺しておけばよかった……！」

霞が政嗣が放った言葉に反応する。

「毒で……毒で雅を殺そうとしたのは、あなたですか……？」

「ああ、そうだ！　お前が神城の異能に目覚めているのか、確かめるためにな！」

もはや隠す必要はないと思ったのか、政嗣は自らの罪を白状した。

「きっさまぁぁぁっ！　よくもやってくれたなぁ！」

「雅さん、気持ちはわかりますが、落ち着いてください」

「危険でございます！」

怒り心頭で政嗣に飛びかかろうとする雅を、蓮と韋駄天（いだてん）ネズミたちが何とか抑えつける。

しかし政嗣の告白は、まだ終わらなかった。

「どうせなら、洗いざらいぶちまけてやる。十八年前、お前の両親を殺したのも、この私だ！」

「……え？」

霞は言葉の意味を理解出来なかった。

呆然とする霞をせせら笑い、政嗣がとうとうと語る。

「父親は屋敷の使用人もろとも、焼き殺してやった。むろん母親も始末する予定だったが、あの死に損ないめ。お前を抱えて逃げ出したのだ。その後、息絶えた母親を発見したが、お前はいくら捜しても見つからなかった。それもそのはずだ。猫どもに匿われていたのだからな！」

「わ、私の、本当のお父さんとお母さん……」

いつか会える日が来るかもしれない。幼い頃、密かにそう思い続けていた。

だがその再会が果たされることはない。

二人はもう、この世にいないのだ。

政嗣によって、殺された。

「お前があの時の赤子だとわかった時、すぐに殺してもよかった。だがその異能を失くすのは惜しい。だから生かして利用することに決めたのだ。くくっ、ははは！」

政嗣の高笑いが室内に響き渡る。その笑い声は、雅の癇に障った。

「貴様……人を大勢殺しておいて、何がおかしい⁉」

「お前も感謝しろ、東條雅！　私のおかげで、愛しの姉と出会えたのだぞ⁉」

「こ、この野郎……！」

「どうせ私はもう終わりなんだ。だったら、貴様らも道連れにしてやる！」

もはや政嗣は正気を失っていた。両目を赤く発光させ、自分の背後に火柱を出現させる。そしてその炎は、凄まじいスピードで天井や床にまで燃え広がり、室内は火の海と化した。蓮の周囲を除いて。

「皆さん、僕の傍から離れないでください！」

「言われなくともわかっておるわ！」

ゴォォォという大気が震えるような火炎の音に掻き消されないよう、雅が声を張り上げて返事をする。その足元では、韋駄天ネズミたちが身を寄せ合っていた。

「僕の壁は、炎だけでなく熱や煙も遮断します。ですから、僕たちは大丈夫ですが……」

「チユウッ⁉　山に燃え移ったら、大変なことになります！」

「流石に念動力でも、炎はどうにも出来んぞ。鬼ボン、お前の異能で消せんのか？」

蓮は雅の問いに、首を横に振った。

「可能です。ですが僕たちは同時に二つの力を使うことが出来ません。炎を消すことは可能ですが、その間、防壁を解くことはあまりに危険です」

「そうか。それが出来るなら初めからやっておるか……」

さて、どうしたものか。雅は頭をかきながら、この状況を打開する策を考える。

「許さない……許さない……」

霞は項垂(うなだ)れながら床に座り、ぶつぶつと何かを呟き続ける。その瞳は、昏い光を宿していた。

両親の命を奪い、雅をも手にかけようとした。そんな男が、なぜ今ものうのうと生きている？

「姉上……」

いつもの姉ではない。まるで何かに憑りつかれたように、感情のこもらない平淡な声で、政嗣への憎悪を吐き続ける。その姿に雅は呆然と立ち尽くす。

「あの人だけは、絶対に、絶対に許さない……っ」

霞が勢いよく顔を跳ね上げ、天井を仰ぐ。大きく見開いた両目から、ぽたぽたと涙が零れ落ちていく。

汚泥のようなどす黒い殺意が、ゴボゴボと泡立つ。それはやがて漆黒の靄(もや)を生み出し、霞を取り囲んだ。

「むぅ？　この気配は……」

蓮の胸ポケットから顔を出した長老が、はっと息を呑む。霞を包みこむ黒い靄(もや)が、炎のように揺らめいてる。

「ま、まさか、あの靄は……『黒』の異能か⁉」

黒の異能？　長老の言葉を聞き逃さなかった蓮が尋ねる。

「長老、何かご存知なのですか？」

「……ワシはかつて、神城という一族に仕えておった。彼らは――」

長老はそこで言葉を止めた。

霞がゆらりと立ち上がった。その拍子に黒髪が揺れる。

頬を伝う涙を拭うことなく、虚ろな瞳で燃え盛る炎を眺めている。

左手を顔の高さまで持ち上げ、ぐっと握り拳を作る。左腕に周囲の靄が蛇のように絡みつき、ぐるぐると渦を巻く。

「消えてしまえ」

次第に、手の甲に黒い文様が浮かび上がっていく。

瞬間、霞の双眼がかっと見開き、左手から放たれた黒い靄が、炎をすべて呑みこんだ。

だが、それだけでは終わらない。

霞が一歩ずつ進む。その度に焼け焦げたベッドが、剥がれ落ちた天井が音を立てて、木っ端微塵になる。

そして、床に膝をつく政嗣の正面に立つ。

「そ、その力……白だけでなく、黒も宿しているというのか！　素晴らしい……貴様を手に入れれば、恐れるものなど何もない……っ！」

政嗣は恍惚とした表情で、両手を大きく広げる。

異能を乱用しすぎたせいで、政嗣は額に脂汗を浮かべながら、息を切らしていた。

それでも霞への執着を捨てようとしない。震える手を目の前にいる少女へ伸ばそうとする……

ブチッ。

布を引き裂くような音がした。と同時に、何かが政嗣の視界に飛びこんできた。

「は？」

霞へ伸ばしたはずの腕がちぎれ飛び、血飛沫を散らしながら宙を舞っている。

「があぁぁぁっ‼」

そして遅れてやってきた激痛に、政嗣が悲鳴を上げる。

「……」

霞は床で芋虫のようにのたうち回る男を、冷たく見下ろしていた。

まだだ。もっと苦しめ。

さらに苦痛を与えようと、おもむろに左手を上げた。

「霞さん！」

蓮が背後から霞の肩を掴み、後方へ下がらせようとする。

「両親を奪われ、雅さんまで殺されそうになったあなたの怒りは理解出来ます。僕も、こんな男に生きている価値はないと思う。ですが、あなたが一線を越える必要はありません……！」

霞の体がしなるように、ぐらりと揺れる。

「……放して」

抑揚のない無機質な声で、蓮を拒絶する。黒い衝撃波が発生して、蓮を強引に吹き飛ばそうとした。

「ぐっ……」

咄嗟に水の防壁を張ったものの、元よりないに等しいように、瞬く間に砕け散る。

全身を引き裂かれるような痛みが蓮を襲った。

霞の怒りは鎮まるどころか一層激しさを増し、黒の浸食が広がっていく。黒がすべてを覆い尽くす。

「霞、さん……っ！」

激痛で意識が遠のきそうになり、霞の姿がぼやける。

それでも、諦めるわけにはいかない。霞を離すわけにはいかない。この人の心を守るためにも。奥歯を噛み締め、薄れゆく意識を引き留める。

皮膚が裂けて血に染まった両手で、霞を背後から強く抱き締める。

「……お願いします。僕は、あなたにこんなことをしてほしくない」

霞の左手を優しく握り、ゆっくりと力を込めていく。

締めつけられた手の甲が強く脈打ち、次第に熱を帯びていく。

「っ……」

霞の肩がピクリと跳ねたと同時に、衝撃波が止んだ。その隙を突いて、雅が霞に駆け寄っていく。

「姉上ーっ！」

そして右手を振り上げて。

「いい加減正気に戻れっ！」

バチンッと、霞の頬に思い切り平手打ちを食らわせた。

霞の体がぐらりと体勢を崩す。その拍子に、霞の瞳に光が戻った。

「みや、び……？」

蓮に体を支えられながら、霞はぼんやりとした声で妹を呼ぶ。雅が「うむ」と神妙な面持ちで相槌を打つと、緩やかに微笑んで、

「ほっぺた……痛いよ……」

そう零して、気を失ってしまった。くたりと力が抜けた体を、蓮が横抱きにかかえ上げる。

「そんなボロボロの貴様に姉上を任せられるか。私が背負っていく」

雅が半ば呆れ気味に、両手を差し出す。

しかし蓮は数秒ほど思案して、ふるふるとかぶりを振った。

「この程度、問題ありません。霞さんは僕が抱えていきます」

「強がるな。ほれ、寄越さぬか」

「強がってなどいません」

「ほお？」

両者の間で火花が散った。そのやり取りを眺めていた韋駄天ネズミが二人を諫める。

「霞様の取り合いをしていないで、早くここを出ましょう！」

「……はい」

取り合いと言われて、蓮は腑に落ちない表情を浮かべた。

雅も随分と体力を消耗しているだろう。だから自分が霞を抱えていくと主張したのだ。

それ以外の意図はない。多分。

「ぐぅ……」

かすかな呻き声が、ふと聞こえた。政嗣は自らの血だまりの中にうずくまりながら、血走った目で蓮を睨みつけていた。

「渡さん……それは渡さんぞぉ……っ」

残った片腕を伸ばしながら、火を放とうとする。だが、掌に現れた小さな火は、割れた窓から入りこんだ風に吹かれて消えてしまった。

「それ以上異能を使えば、死んでしまいますよ」

「いいや、その娘がいれば私が死ぬことはない……貴様たちも見ただろう。『白』の異能を……!」

雅が毒を盛られた時の光景が、そして白い光によって妹の命を救った霞の姿が、蓮の脳裏に蘇る。

「神城の娘がいれば、私は……うぐっ⁉」

喉を絞めつけられる感覚に、政嗣は目を剥いた。

「かっ……は……っ!」

呼吸がままならず、苦悶(くもん)の表情でバリバリと喉を掻きむしる。体を震わせながら顔を上げると、雅と視線が合う。

「貴様、そろそろ黙れ」

その瞳は青白く発光していた。

「雅さん、もういいでしょう。これ以上続けたら死んでしまいますよ」

「そうじゃな」

雅がパチンッと指を鳴らすと同時に、異能が解かれる。

「ゲホッ……ゴホッゴホッ！」

激しく咳きこむ政嗣を見下ろし、蓮が口を開く。

「それでは、僕の許嫁（いいなずけ）を返していただきます」

政嗣に慇懃（いんぎん）に頭を下げ、廊下へ出ていく。雅と韋駄天（いだてん）ネズミたちが、その後に続いた。

一人取り残された男は獣のような咆哮（ほうこう）を上げ、がくりと項垂（うなだ）れた。

第九章　神城の娘

墨色の空にぽっかりと浮かぶ白い月。虹色の暈を纏ったそれは、延々と連なる朱色の鳥居を静かに照らしていた。

以前も見た夢だった。

「オボロ、おいで」

その声に導かれ、霞はひたすら歩き続ける。そして次第に小走りになっていく。すべての鳥居を潜り抜けた先には、白い着物を着た男女が佇んでいた。呆然と立ち尽くす霞に、優しく笑いかける。

ああ、この人たちがきっと。霞はそんな確信を抱きながら、恐る恐る口を開いた。

「お、母さん……お父さん……」

途端、ぶわりと感情が溢れ出した。

「お母さん！　お父さん！」

叫びながら、二人のもとへ駆け寄っていく。いつの間にか自分の姿が子どもになっていることに気づかないまま。

女性は幼い霞を抱き留め、小さな背中に両手を回した。

「オボロ……」

「ひっく、うぇっ、うわぁぁぁん……っ！」

わんわんと泣き続ける霞の頭を、男性が優しく撫でる。

「オボロは泣き虫だなぁ」

「だって、だってやっと会えた……！」

もう離れたくないと、女性の着物の袖を握り締める。

けれど、夢はいつか終わりを迎える。

「あっ！」

二人の体がうっすらと透け始め、霞の手を擦り抜けてしまう。

「や、やだ。行かないで。私を置いていかないで……」

両目から大粒の涙を零して縋ろうとする霞に、女性は泣き笑いの表情で「ダメ」と首を横に振る。

「あなたとは一緒にいられないの」

「私のこと、嫌いになっちゃったの？」

「大好きよ。だから、連れていけないの」

「よく……わからないよ……」

嘘だ。本当はちゃんとわかっている。

それでも、気づかない振りをして駄々をこねる。そんな娘に、男性が言い聞かせるように優しく諭す。

「お前がいなくなったら、悲しむ人たちがいるだろう?」

「悲しむ……人たち……」

雅や蓮、韋駄天(いだてん)ネズミ。自分を育ててくれた東條夫妻に、鬼灯家の人々……

大切な人たちの姿が、霞の脳裏に浮かぶ。

霞は唇をきゅっと噛み締め、両親を見つめた。一瞬伸ばしかけた手を引っこめて、数歩後ろへ下がる。

「そう。それでいいんだ」

「……お母さん、お父さん」

「うん?」

「会いに来てくれてありがとう。……さようなら」

十八歳に戻った姿で、霞は別れの言葉を告げた。

そして少女は、夢から目覚める。

誘拐事件から一週間後。

「あの、蓮様。私一人でも大丈夫ですから……！」

「いいえ。僕も同行するようにと、父から言いつかっておりますので」

霞は蓮が運転する車の助手席に座っていた。

父の慎太郎から「大事な話がある」と、電話で呼び出されたのである。

「霞さんを狙う者は、他にもいるかもしれません。僕があなたを守ります」

「は、はいぃ……」

僕があなたを守ります。女性なら誰もが憧れるであろう言葉に、霞の頬はたちまち赤く染まった。

しかし、ふと表情を曇らせる。

「一つ……お聞きしてもよろしいですか？」

「何でしょうか」

「その……政嗣様や黒田さんは、どうなったのですか？」

実のところ、霞は数日間昏々と眠り続けていた。八千流が手配した医者が診察したものの、どこも異常なし。

このまま永遠に目を覚まさないのでは。最悪の可能性に戦々恐々とする雅たちだったが、韋駄天ネズミの長老だけは冷静だった。

――異能を使いすぎた影響じゃろう。すぐに起きるはずじゃ。

その言葉通り、程なくして霞は目を覚ました。

霞が眠っている間、鬼灯家では大きな動きがあった。政嗣に協力していた者たちが拘束されたのだ。

「協力者の多くは、政嗣様に金で雇われたと証言しています。ですがその中には、黒田のように計画の詳細を聞かされている者もいたようですね。おそらく鬼灯家からは永久追放となるでしょう」

「……そうですか」

「そして政嗣様についてですが……」

言いづらそうに、蓮は口を噤んだ。しかし霞に「何かあったのですか？」と促され、重い口を開いた。

「政嗣様は収容先の病院で自害したそうです」

「えっ⁉」

思いもよらない展開に、霞は言葉を失った。

「自らの異能で心臓を焼いて、息絶えた状態で発見されたようです。傍に遺書があり、十八年前の事件に関与したとされる者たちの名が書いてありました。彼らには重い罰が科せられるでしょう」

霞は複雑な思いで目を伏せた。

両親の仇が、自ら命を絶った。そのことを喜べばいいのか、悔しがればいいのか。

重苦しい雰囲気の中、蓮は話を続ける。

「……その者たちの証言によると、政嗣様は以前から本家の乗っ取りを企てていたようです。……霞さん。あなた方が初めて本家の屋敷にやってきた時、乗っていた車が突然爆発しましたよね？　あれも、政嗣様の一派の仕業だと判明しました」

「⁉」

「……すでにお気づきかと思いますが、一部の分家は東條家の娘を僕の許嫁に迎えることに反対していました。以前から我が娘を本家の嫁に、と画策していたのです。父が拒み続けていたので、僕はどうということはありませんでしたが。ですから、当初から分家の者の仕業ではないかと思われていたのです」

当時のことを思い返し、霞は「あっ」と声を上げた。

――私たちは、鬼灯家の者たちに不都合な存在ということじゃろ。そうであろう？

雅に指摘され、屋敷の使用人たちは後ろめたそうに黙りこんでいた。

「その犯人捜しに協力していたのが政嗣様です。自作自演の事件を起こし、本家の信頼を得ながらも当主の座を虎視眈々と狙っていたのでしょう。どこまでも強欲で、傲慢。……鬼らしい人でした」

蓮がそう締めくくると、車内に沈黙が訪れた。どこかで鳴ったクラクションの音が、やけに大きく聞こえる。

暫く間を置いてから、霞はふいに口を開いた。

「あの、蓮様……い、いえ。何でもありません」

「構いませんよ、聞かせてください」

蓮に優しく促され、おずおずと話し始める。

「私……本当は一人で実家に帰るのが、ちょっと怖かったんです」

「……霞さん」

「ですから一緒に来てくださって、ありがとうございます」

ちょうど車が赤信号で停まり、こちらを見た蓮に深く頭を下げる。そして顔を上げると、なぜか困ったような表情をした蓮と目が合った。

「……僕は浅ましい男です。自分がすごく嫌いになりました」

「はい？」

「霞さん、僕を一発殴ってもらえませんか？」

「!? そんなこと出来ません！」

とんでもないことを言われ、霞は勢いよくかぶりを振った。

だが蓮は引き下がろうとしない。ずい、と誰もが見とれるであろう美貌を霞へ寄せてきた。しかも悩ましげな表情で。

「あろうことか僕は、雅さんが行けなくなってしまったことを一瞬でも喜んでしまいました」

「み、雅っ⁉　あ、蓮様、信号が青になりましたよっ！」

霞は顔を真っ赤にしながら、蓮の肩をバシバシと叩いて強引に前を向かせた。

「ぶえっくしょんっ！」

その頃、雅はベッドの中で盛大なくしゃみをした。傍でベビーチーズをかじっていた韋駄天ネズミがティッシュを差し出す。

「どうぞ、雅様」

「うむ……」

熱で火照った顔で、ちーんっと鼻をかむ。額に貼っている冷却シートをネズミたちに取り換えてもらったり、漫画を本棚から取ってきてもらったりと至れり尽くせりである。

この状況に不満を抱く人物が約一名。

「雅さん！　そのネズミどもを今すぐ部屋から追い出しなさい！」

八千流は体温計を握り締めながら、部屋の前で怒号を上げた。

「うるさいのぅ～。こやつらが私の世話をしたいと言っておるのじゃ。好きにさせて何が悪い」

「私が中に入れないでしょうが！」

「別に入ってこなくていいわ。こんなのただの……ぶえっくしょんっ」

「チュウッ」

鼻をかんだティッシュを回収しにきたネズミの顔面に、唾液や鼻水が飛び散る。

「……夏風邪は何とかが引くとは、本当だったようですね」

「何だと、鬼婆め。まったく……私も姉上と実家に帰るつもりだったというのに……」

「霞さんには蓮がついていますから、安心なさい」

「ふんっ」

雅は河豚（ふぐ）のように頬をぷっくりと膨らませ、そっぽを向いた。

「それだけ元気なら、明日には熱も下がるでしょう。何かあったら、使用人を呼んで……」

「鬼婆、一つ聞きたいことがあるのだが」

引き返そうとする八千流を、雅が神妙な面持ちで引き留める。

「政嗣とやらは、自害したそうじゃな」

「ええ。あの男らしい惨めな最期でした」

「本当にそうかのぅ」

「何が言いたいのですか？」

「奴は、どこまでも利己的で欲深なクズだった。そんな男がそう簡単に死を選ぶとは、どうも思えぬ。むしろ見苦しく生き延びながら、再起を狙いそうなタマじゃ」

雅は政嗣に対する印象を語り、八千流に流し目を送った。

「あの男……殺されたのではないか？」

「政嗣は自殺です。直筆の遺書も発見されているのですよ」

「そんなもの、いくらでも捏造出来る。遺書は事前に聞き出した情報を基にして書いたんじゃろ。しかし奴は簡単に口を割ろうとはしなかった。だから、こちら側から取引を持ちかけたのではないか？　たとえば、『仲間の情報と引き換えに、命の保証はしてやる』とか甘い言葉を囁いてな」

自らの推理を語り終えると、雅はネズミたちが用意した漫画を読み始めた。

八千流は額に指先を添えて、深く溜め息をつく。

「そんなわけないでしょう、考えすぎです」

「なかなかいい線をいっていると思ったんじゃがのぅ」

「……ですが」

八千流は話を続ける。

「夫は従兄弟である政嗣を信頼していました。二人は兄弟のように育ちましたから。ゆくゆくは、蓮の補佐に就いてもらいたいと考えていたようです。……今となっては、どうでもいい話ですが」

その言葉を残して、静かに去っていく八千流。それを見送った後、雅は「お前ら」と韋駄天ネズミたちに呼びかけた。

「今の話、姉上には黙っておくのじゃぞ」

「チュー……よろしいのですか？」

「世の中、知らないほうがいいこともあるからのぅ」

雅は枕元に置いていたスポーツドリンクをぐいと呷った。

霞と蓮が東條邸に到着したのは、昼過ぎのことだった。

屋敷の前には、二人を待つ使用人たちの姿がある。

「お待ちしておりました、鬼灯様。そしておかえりなさいませ、霞様」

車から降りた蓮と霞に、恭しくお辞儀をする。

「お出迎えありがとうございます。鬼灯蓮と申します」

蓮が深く腰を折る。初めて見る次期当主の姿に、使用人たちは息を呑んだ。

熱い眼差しを送る使用人女たちから蓮を守るように、霞は素早く前に進み出た。

「み、皆さん、お久しぶりです。お変わりありませんでしたか？」

「はい、私どもはこの通り。ですが、雅様のお体は大丈夫でございますか？　熱を出されたとお聞きしましたが……」

「食欲はあるみたいなので、すぐに治ると思います。今朝もお粥をおかわりしていましたから」

「お二人ともお元気そうで何よりです。さあ、慎太郎様と薫様がお待ちでございます」

使用人に案内され、二人が向かったのは居間の奥にある和室だった。

「慎太郎様。霞様と鬼灯様がお見えになりました」

使用人がそう告げて、襖を開ける。室内では慎太郎と薫が待っていた。

「お父様、お母様。ただいま帰りました」

「うん。久しぶりだな、霞」

慎太郎は柔和な笑みを浮かべて、娘を歓迎した。その隣では、薫が無言で目を伏せている。

「お初にお目にかかります、蓮様。東條家第二十四代当主、慎太郎と申します」

「その妻の薫でございます」

慎太郎と薫が座布団から下り、蓮に座礼をする。二人に倣い、蓮は正座をして頭を下げた。

「鬼灯蓮と申します。ご挨拶が遅れてしまい、申し訳ありませんでした」

「いえ。とんでもございません。そして……私たちの娘を救ってくださり、感謝いたします」

慎太郎は頭を垂れたまま、礼を述べた。

「今回の件は、我々にもすぐに知らされました。雅とともに、霞の救出に向かわれたとのことで……」

「……霞さんを攫(さら)ったのは、我が一族の者です。一族を代表して、深くお詫び申し上げます」

「犯人についても、蔵之介様よりお聞きしております。十八年前、神城家を滅ぼしたのもその男であることも」

「あなた方は、霞さんの素性についてご存知だったのですね？」

核心に迫る問いに、慎太郎は「はい」と首肯した。

「蓮様は、神城の一族についてどれほど知っておいででしょうか？」

「……恥ずかしながら、まったく存じません。その名を耳にしたのも、つい先日が初めてです」

「無理もございません。私も先代から聞かされて、初めて知りました。まずは神城についてご説明いたします。どうぞ、そちらにお座りください」

霞と蓮は慎太郎に促され、用意されていた座布団に腰を下ろした。

慎太郎は咳払いをしてから、悠然と語り始める。

「かつてこの国には、純血でありながらその身に異能を宿した者たちがおりました。それが神城の一族です。一説によれば、彼らは天より降りてきた神の使者とも言われています」

「……神の使者？」

突拍子もない話に、霞は目を丸くした。

「当時からすでに鬼族による国家の支配は始まっておりました。それを憂いた主神が世を正すため、地上に送り出したと……」

「あなた」

薫がとっさに慎太郎の言葉を遮る。

蓮も鬼族であることを思い出した慎太郎は、「失礼しました」と蓮に非礼を詫びた。

「いえ。お気になさらず。続きをお聞かせください」

「ありがとうございます。……神城の者たちは、二つの強力な異能を宿していました。生けとし生きるものを癒す『白』と、あらゆるものを破壊して無に還す『黒』です。

稀に異能の発現には個人差があり、どちらか片方だけを宿す者がほとんどでしたが、両方の異能を持つ者もいたようです」

「……」

霞は硬い表情で自分の両手を見下ろす。

神城という一族の人間であり、白と黒、両方の異能を持っている。

ずっと自分が何者なのか知りたかった。生きている意味が知りたかった。だが、それほどまでに特別な存在だとは思いもよらなかった。

「世の太平を願う神城家は、おのずと鬼族と対立するようになりました。そして鬼族が政治を乱そうとするのを抑えていたのです。……もっともその報復として、殺される者もいました」

「報復だけではないかもしれません」

蓮は異議を唱え、自らの推論を述べた。

「自分たちが国の支配者であると自負する鬼族にとって、神城家の存在は脅威だったことでしょう。覇権を奪われることを何よりも恐れ、彼らを殺めたのだと思います。鬼族は高慢で残酷で、臆病な生き物ですから」

「あなたを拝見していると、そのようには思えませんが」

「それは買いかぶりすぎです」

やんわりと否定する慎太郎に、蓮は謙遜して答えた。

「……そんなことないです」

消え入るような声で霞が言葉を発した。咄嗟に言葉が出てしまったと言ったほうが正しいかもしれない。

「霞？」

慎太郎が娘の顔を覗きこむ。蓮と薫も霞に目を向ける。

「蓮様はとっても真面目で優しくて、芯の強い方です。蔵之介様や八千流様にも、いつもお世話になっていますし。高慢で残酷で、臆病なんかじゃありません！」

確かに鬼族の中には、ひどい人たちもいる。人の命を奪うことなど、何とも思っていない。霞自身も身をもって、それを知った。

けれど、すべての鬼族がそのような人々だと思ってほしくない。

鼻息を荒くして力説した後、霞は我に返った。突然熱弁を始めた霞を見て、両親と蓮がきょとんとして固まっている。

「は、話の邪魔をしてしまってすみません……！」

顔を真っ赤にして俯く霞を見て、慎太郎は小さく笑った。

「そんなことはない。お前の言う通り、自分たちのやり方を疑問視する鬼も少なくなかったのだ。中には神城家と同盟を組もうと考える者も現れるようになった。しかしその頃になると、ある変化が起こり始める。……神城の人々から異能の力が失われていったのだ」

慎太郎の顔から笑みが消えた。

「異能が消えた？　そんな、どうして……」

霞が驚いて顔を上げる。一方蓮は、すぐにその原因に行き着いた。

「血、ですね」

「はい。同じ純血同士であれば問題はないと判断し、神城家は外部の人間たちをたくさん迎え入れました。その結果、神城家の血は薄れ、それに伴い異能を宿す者も少なくなってしまったのです。彼らはいつしか表舞台から姿を消し、ひっそりと暮らすようになりました」

「神城家に関する文献が一切残されていないのは、鬼族がすべて焼き払ったからですか？」

慎太郎は蓮の質問に、首を横に振った。

「それは神城の人々が自ら行ったことです。純血にもかかわらず、強い異能を持つ彼らを疎ましく思っていたのは、鬼族だけではありませんでした。自分たちが存在したという痕跡を消すことで、身を守ろうとしたのです。ですが十八年前……神城の末裔が、何者かによって殺害されました」

夢の中で会った男女を思い出し、霞は目を伏せる。その横顔を見た蓮は、やり切れない表情で口を開いた。

「政嗣の遺書には、神城家が再び台頭することを阻止するためだったと記されていました」

「……馬鹿なことを。異能を失った彼らは、ただ平穏に暮らすことだけを望んでいたというのに」

身勝手かつ短絡的な動機に、慎太郎は眉根を寄せた。そして霞へ視線を向ける。

「霞、お前の実母は深手を負いながらも、どうにか屋敷から逃げ出したのだ。彼女は東條家に助けを求めようとしていたのだろう。かつて猫又族は、神城家に仕えていたからな。だがその途中で、私の父にお前を託して息を引き取った」

「……お母さん」

霞は声を震わせながら呟いた。

「神城家の人々は十八歳を迎えた時、異能が発現するとされている。……お前が力に目覚めなければ、このまま真実を隠し通すつもりだった。それがお前の幸せのためだと思ったからだ」

「……」

「しかし父には『霞は真実を受け止める強い心を持っている』と言われていた。父は、誰よりもお前のことを理解していた」

慎太郎の声には、尊敬の念が込められていた。

室内がしん、と静まり返る。

霞は暫し黙っていたが、やがて意を決したように口を開いた。

「私は……白と黒、両方の異能を持っています。その力で雅を救い……両親の仇を殺そうとしました」

両親を殺したと嘲笑う政嗣に、霞は深い怒りを感じた。

生まれて初めて、人を殺したいという衝動に駆られた。そしてそれを可能にする力を、自分は持っている。

もし蓮と雅が止めてくれなかったら、あの男を……。

「私はこれから、どうすればいいのですか……？」

縋るような眼差しを向ける霞に、慎太郎は答えに窮している様子だった。蓮もかける言葉が見つからず、黙りこんでいる。

「……別に、そんなことで悩まなくてもいいじゃない」

沈黙を破ったのは薫だった。

「お母様？」

「神城家の生き残りだろうが、妙な異能を持っていようが、あなたはあなたなんだから。自分の思うままに生きていけばいいでしょ」

一番望んだ言葉だった。

いつもと変わらない素っ気ない口調だが、その一言一言が霞の心を満たしていく。

自分は他の誰にもなれないし、なりたくもない。ずっとこのまま、東條霞のままで生きていたい。それを許されている気がした。

大きく見開いた目にじわりと水の膜が張り、瞬きをするとポロリと涙が零れた。

薫は静かに涙を流す霞から、気まずそうに顔を逸らす。

「……そういえば頂き物のケーキがあったわね。ちょっと台所に取りに行ってくるわ」

「あ、お母様。私も手伝います」

そそくさと部屋から出ていく薫を、霞がぱたぱたと追いかけていく。

蓮が霞の後ろ姿を見送っていると、慎太郎がおもむろに話し始めた。

「蔵之介様にお伝えください。我が家を守ってくださりありがとうございました、と」

蓮は慎太郎に向き直った。

「鬼灯家の分家の方々が、東條家の取り潰しを図っていたとお聞きしました。蔵之介様はそれを阻止するために、あの縁談を持ちかけてくださったのですよね？」

「……はい。東條家の令嬢を本家の許嫁として迎えることで、容易に手が出せない状況を作るためでした。ですが他にもやりようがあったのではと、僕は思っています」

蓮は慎太郎をまっすぐ見据えたまま話を続ける。

「鬼灯家は霞さんの実の両親の命を奪い、霞さんの人生も奪ってしまいました」

「霞はきっと、自分の人生を奪われたなどと思っていませんよ」

蓮は慎太郎の言葉を素直に受け取ることが出来なかった。思いつめた表情で口を閉ざす青年に、慎太郎はなおも語りかける。

「……蓮様。でしたら一つだけ、約束してくださいますか？」

「約束……ですか？」

「はい。霞を幸せにしていただきたいのです」

「それは……」

「たとえ血が繋がっていなくとも、霞は私たちにとって自慢の……大切な娘です。どうかどうか、何卒よろしくお願いいたします」

慎太郎が深く頭を垂れる。

蓮は悄然とした面持ちでそれを見つめていたが、やがて覚悟を決めたように表情を引き締めた。そして畳に手をついて深くお辞儀をする。

「承知しました。霞さんは僕が一生をかけてお守りし、幸せにします」

その言葉を聞いた慎太郎は安堵の笑みを浮かべた。

その頃、台所では霞が食器を用意していた。

「お母様、お皿はこちらでよろしいですか？」

食器棚から平皿を取り出しながら、薫に確認する。

「……ええ、あとフォークもお願い」

「はいっ」

食器棚の引き出しを開けて、四人分のフォークを取り出す。

「あ、紅茶も淹れましょう。ええとティーポットは……」

薫は冷蔵庫から取り出した紙箱を抱えると、台所を忙しなく動き回る霞をじっと見つめていた。

「……あちらのお屋敷で、大事にされているのね」

「え？」

母の呟きに、霞はピタリと動きを止めた。

「見ればわかるわよ。あなた、うちにいた時よりも明るくなったから」

「……そうでしょうか？」

「それに、ご子息のことが大好きなんでしょう？」

「えっ⁉　あ、あの……っ」

　図星を突かれて、霞はあからさまに狼狽えた。

「だって、あなたが雅のこと以外であんなにムキになるなんて初めてだもの。バレバレよ。多分、慎太郎さんも気づいてると思うわよ」

「あぁぁ……！」

　──蓮様はとっても真面目で優しくて、芯の強い方です。

　先ほどの自分の発言を思い返し、霞は熱くなった顔を両手で覆った。穴があったら入りたい。

「あの時あなたを見てて、こう思ったの。『ああ、よかった』って……」

　霞がそろそろと顔を上げると、薫は今まで見せたことのないような柔らかな表情をしていた。

「……お義父様があなたを連れ帰ってきたのは、まだ肌寒い春の夜だったわ。『この子を東條家の子として育てる』って言い出した時は、正直腹が立ったしショックだった」

　その言葉に霞の心臓がぎゅっと締めつけられる。

　母の心情を聞くのは、これが初めてだ。自分に対していい感情を抱いていないのは、幼い頃から察していたが、はっきりと言葉にされると、「ああ、やっぱり」と悲しい気持ちになる。

「あの時は、まだ私が東條家に嫁いで間もない頃だったの。なのに突然他人の赤子を我が子として育てろだなんて……私がいくら嫌だと言っても、聞き入れてはくださらなかった。慎太郎さんも『神城の生き残りを守らなければならない』の一点張りよ」

薫は皿にケーキを取り分けながら、苦い過去をとうとうと語る。

「慎太郎さんやお義父様には平等に接するようにって言いつけられていたけれど、そんなの無視したわ。だって没落した名家の娘に慎太郎さんも雅も、何もかも奪われたような気がしたんだもの。悔しくて、悔しくて、当てつけるように雅ばかり可愛がって、あなたには強く当たってしまったわ」

「お母様……」

自分の存在がこれほどまでに母を苦しめていたなんて、思いもしていなかった。長い間苦しんでいたのは、この人も同じなのだ。

しかしその声は穏やかで、霞への憎しみは薄れているように感じられた。

「あなたが雅の代わりに、鬼灯家に嫁ぐと言い出した時はうれしかった。だから喜んで送り出そうとしたけれど、結局あの子はあなたについていってしまったわ。やっぱり私から雅を奪うのだとあなたを恨んだけれど、二人の後ろ姿を見てたらね……」

薫は一旦言葉を区切り、顔を上げた。その時のことを思い返しているのか、母の瞳は寂しげに揺れている。

「遠ざかってゆくあなたたちを見てたら、私はどうしてつまらない意地を張り続けていたんだろうって、ようやく気づいたの。だって、とっても悲しかったのだもの。もう会えないかもしれないと思ったから」

薫は目尻に涙を浮かべながら、霞を見据えた。

「雅だけでなく、霞、あなたにもね」

霞は息が詰まりそうになる。それは母の強さと優しさを知ったからだ。

「今までごめんなさい。もう遅いかもしれないけれど……あなたの母親としてやり直したいの」

「……私も」

霞は晴れやかな、さっぱりとした表情で薫に言った。

「私も、お母様ともっと仲良くなりたい。色んなお話をしたり、一緒にお買い物をしてみたいです」

「うん……」

「それと……誕生日プレゼントの万年筆、ありがとうございました。あれはきっとお母様が選んだものだって、雅が教えてくれました」

「だって慎太郎さん、機能性を重視して地味なデザインばかり選ぶのよ？　年頃の女の子なんだから、可愛いものを買ってあげないと」

薫が唇を尖らせて不満を零す。

「ふふ……っ、雅も同じことを言ってました」

「でしょう?」

この日、血の繋がらない母子はお互いの顔を見ながら初めて笑い合った。


数時間後。

「それでは行ってきます。お父様、お母様」

霞と蓮はたくさんのお土産を抱え、車に乗りこんだ。

「ああ、行ってらっしゃい」

「今度は雅も連れて、三人で遊びに来なさい」

「……はい!」

両親の温かな言葉に、霞は笑顔で頷いた。

「それではお邪魔しました」

蓮は一礼して、緩やかに車を発進させる。霞がサイドミラーを確認すると、車を見送る両親や使用人たちの姿があった。

「……あっ」

「どうしました、霞さん」

「あの……屋敷に戻る前に、寄り道したいところがあるんですけど、いいですか？」

「構いませんよ。どちらに向かいますか？」

快く了承してくれた蓮に、霞は喜色を浮かべた。そして、ある場所へ案内する。

辿り着いたのは、屋敷から少し離れた脇道。そこには青々と生い茂った木がぽつんと佇んでいた。木漏れ日が地面にまだら模様を描き、きらきらときらめく光の粒。

二人は車から降りて、木の側に歩み寄った。

「こちらは梅の木ですか？」

先端が尖った円形の葉っぱを見上げ、蓮が尋ねる。

「はい。毎年春になると、おじい様がここに連れてきてくれました」

霞は瞼(まぶた)を閉じて、その情景を思い浮かべた。

寒さに負けることなく、鮮やかに咲き誇る紅梅。

それを寂しそうに見上げる祖父。

彼がなぜ、この場所を訪れていたのか。今なら祖父の気持ちが何となく理解出来る。

「もしかしたら、おじい様はこの場所でお母さんから私を託されたのだと思います。そしてお母さんはここで……」

霞はそこで言葉を切り、そっと木の幹に触れた。

「……お母さん、私を守ってくれてありがとう」

その時、突風が吹き荒れた。木の葉がザァァ……と音を鳴らしながら、大きく揺れる。

「霞さん、葉っぱがついてますよ」

蓮が霞の髪にくっついた木の葉を、ちょいと摘まみ取る。だが霞は、大きく目を見開いたまま立ち尽くしていた。

「霞さん？」

「は、はい。すみません、少しボーッとしちゃって……」

蓮が怪訝そうに呼びかけると、霞はようやく我に返った。そして緩やかに微笑みながら、木を見上げる。

「だけど一瞬、梅の花の香りがしたんです。とっても……いい香りでした」

「……それはよかった」

「お付き合いくださり、ありがとうございました。そろそろ帰りましょうか」

「もうよろしいのですか？」

気遣う蓮に、霞はゆっくりと頷く。

「来年の春、またここに来ますから」

ほんの少しの寂しさを胸に秘め、霞は車へ戻って行った。

鬼灯邸に帰ってきたのは、日が傾き始めた頃だった。

「屋敷が見えてきました。起きてください」

「んぅ……？　はっ、も、申し訳ありませんっ！」

「いえ。お気になさらず」

そんなことをおっしゃられましても。許嫁に運転を任せ、自分は爆睡してしまったなんて。よだれを垂らしていないだろうかと、霞は口の周りをチェックする。

「ん？」

一方蓮は、屋敷の前に立つ人物に気づいた。

「あそこにいるのは、雅さんなのでは？」

「ほ、ほんとだ……」

髪も結わえずに、パジャマ姿で仁王立ちしている。そしてその足元にわらわらと集まる小動物の群れ。

「ネズミさんたちもいる……」

蓮が駐車場に車を止めると、韋駄天ネズミたちが一斉に駆け寄ってきた。

「チューッ！　おかえりなさいませ、霞様」

「我々へのお土産はございますかな？　甘いお菓子とか」

「出来ればチーズ系がよいのです」

目を輝かせながら、お土産を催促してくる。

（チーズ系の甘いお菓子……そういえば！）

霞は後部座席に置いていた平箱を、ネズミたちに差し出した。

「はい、どうぞ」

「なになに？　これは……『チーズ饅頭』？」

「うん。クッキー生地の皮の中に、クリームチーズが入ってるんだって」

韋駄天ネズミたちは大いにどよめいた。

「クッキー生地にクリームチーズ……何という悪魔的な組み合わせでしょう」

「いやはや、人間たちは罪なものを作りますな」

「これはあんまり食べたくない……？」

もっと喜んでくれると思ったのだが。霞は箱を引っこめようとする。と、韋駄天ネズミたちは小さな前脚で箱を抑えつけた。びくともしない。

「こんなの絶対に美味しいに決まっているではありませんか！」

「それを取り上げようとするとは……霞様は鬼でございます！」

「ご、ごめん……」

鬼気迫る表情で猛抗議されて、ちょっと怖い。霞はぱっと箱を手放した。

「チーズ饅頭、チーズ饅頭っ」

「長老様も楽しみにお待ちですので、我々は一足先に戻らせていただきます」

韋駄天ネズミたちは箱の中から個包装にされているチーズ饅頭をすべて取り出し、屋敷へ入っていった。

「まったく……食い意地が張った奴らじゃのぅ」

残された空箱を畳んでいるところに、雅がやってくる。白いマスクをつけ、額に冷却シートを貼ったその姿に、霞はさっと顔色を変えた。

「あっ、雅！　熱があるのに外に出ちゃダメじゃない！」

「熱はもう下がった。これは冷たくて気持ちいいから、貼ってるだけじゃ」

雅は自分の額を指差した。

「そんなこと言って、ぶり返したらどうするの。八千流様に見つかったら怒られちゃうよ」

「鬼婆には許可をとっておる。何かあった時のために、ネズミどもを傍に置けと言われたがな」

「そうだったんだ……」

「そんなことより、姉上。他にもお土産はあるのじゃろっ？」

雅が期待を抑えきれない様子で訊く。

「もちろん。まずは、ハスカップの甘酸っぱいジャムを使ったロールカステラだよ」

「おおーっ、ハスカップが何なのかわからんが美味そうじゃ！」

「次は、羊羹を落雁と求肥で挟んだお菓子で、お茶請けにぴったりなんだって」

「ふむふむ。おもしろい菓子じゃ」

「えーと、これは砕いた南部せんべいをチョコレートで包んでいるんだって。甘じょっぱくて美味しいって人気のお菓子みたい。雅、チョコレート好きでしょ？」

「よし、これは全部私が食べよう」

「それから……」

後部座席から次々と菓子を取り出す霞に、雅が疑問を呈する。

「んん？　流石に多すぎではないか？　土産物屋でも開くつもりか？」

「お父様が張り切って、たくさん用意しすぎちゃったみたい」

「親バカじゃのぅ。まあ、当主や鬼婆、使用人たちにも分ければ食べ切れるか」

そう言いながらも、さりげなくせんべいの箱を手に取る雅。やはりこれだけは独り占めするつもりなのだろう。

「……それで、どうだった？」

雅が真剣な面持ちで、霞に問いかける。

霞はゆっくりと首を縦に振った。

「うん。お父様に全部教えてもらったよ。神城家のことも……本当のお父さんとお母さんのことも。後で雅にも聞いてもらいたいの。……いいかな？」

「うむ。聞かせてくれ」

「それから……お母様が今度は雅も連れて、一緒に遊びに来なさいって」

その言葉に、雅ははっと息を呑んだ。

「そうか……母上がそんなことを……へっくしょいっ！」

しんみりとしたムードを吹き飛ばすように、雅は盛大なくしゃみをした。

「ほら！　まだ治ってないんだから、ちゃんと寝てなくちゃダメだよ！」

「くしゃみくらいで大げさな……」

「そうですね。風邪をこじらせるといけませんし、そろそろ中に入りましょうか」

「むぅ……」

蓮にも諭され、雅が唸りながら屋敷へ戻っていく。

頼りになるようで世話のかかる妹の後ろ姿を見た後、霞は隣にいる蓮を見た。

「……何か？」

視線に気づいた蓮が尋ねる。

「いいえ……何でもありません」

霞は微笑みながら首を横に振った。蓮に言葉で伝えたいことがある。でも口にしてしまったら、色んなものがシャボン玉のようにパチンと儚く消えてしまう気がした。
この思いは、心の宝箱にしまっておく。
平穏とは程遠い人生だと思う。
それでも大切な家族が出来た。大好きな人が出来た。
きっとそれは、とても幸福なことなのだと思う。
「私たちも行きましょう、蓮様」
その幸せを噛み締めながら、霞は歩き始めた。

終章　蛍の光

「東條雅……大復活じゃ！」

「おめでとうございます、雅様！」

すっかり風邪が完治し、ガッツポーズを決める雅。その脇では、韋駄天(いだてん)ネズミたちが扇子(せんす)をあおいで雅の快復を祝福していた。

学校から帰ってきた霞は、妹の元気な姿を見てほっと息をつく。

「うん。くしゃみや咳も治まったし、これで明日から学校に行けるね」

「……」

「雅～？」

無言で視線を逸らす妹に、霞が笑顔でつめ寄る。ただし目が笑っていない。

「わ、わかった。行く、学校には行くから、そんな目で私を見るな」

「おお……あの雅様が折れた」

「やはり姉は強し、でございますな」

姉妹のやり取りを見ていた韋駄天(いだてん)ネズミたちがこそこそと話をしていたが、雅に一睨みされると無言で天井へ逃げこんだ。

「まったく……あやつら、庭の木に宙吊りにしてやろうかのぅ」

「そんなことしたら可哀想だよ……」

木の枝にぷらーん……と吊るされたネズミたちを想像しながら、霞が妹をなだめる。

「姉上こそネズミどもに甘くないか？　もっと厳しくしつけたほうがいいと思うがのぅ」

雅は不貞腐れた表情で、南部チョコの包装をベリッと開けた。

「あ、そういえば」

大口を開けて南部チョコを頬張った妹に、霞が思い出したように一言。

「今日の夕飯はビーフシチューだって」

「ゴホッ」

雅は勢いよくむせた。霞が慌てて傍に置いてあったペットボトルのお茶を差し出す。

「ゲホッゴホッ……」

「そ、そんなに驚かなくても……！」

「だってビーフシチューじゃぞ⁉　なぜもっと早く教えてくれなかったのじゃ！　菓子で腹を膨らませている場合ではないぞ……っ」

雅は空の袋を握り締め、ガクリと項垂れた。霞は本気で悔しがる妹の背中を、優しく撫でる。

「夕飯までまだ時間があるから。ね？」

「ぐぬぬ……はっ、そうじゃ！　そこらをひとっ走りして、腹を空かせればよいのじゃ！」

雅が妙案を思いつき、すっくと立ち上がる。そして「行ってくるぞ！」と言い残し、部屋から飛び出していった。

「行っちゃった……」

一人部屋に取り残された霞は、目を瞬かせながら呟いた。

（でも、私も早く作らないと）

ビーフシチューは使用人たちが、食後のデザートは霞が作ることになっていた。自分の部屋に戻り、愛用のエプロンを着ける。

（夏らしくレモンのレアチーズケーキにしよう）

実家でもよく作っていたデザートだ。厨房までの道すがら、霞はレシピを思い返す。

この後、思いもよらぬ騒動が待っているとも知らずに。

「霞さん、雅さんはまだ帰ってこないのですか？」

とっぷりと日が沈んだ頃、蓮が壁の時計を見ながら霞に尋ねた。

「はい。遠くまでは行ってないと思うのですが……」

連絡をしようにも、雅はスマホを置いて出かけてしまったのだ。

「あの猫娘が夕飯の時間になっても帰ってこないだなんて、何かあったのかもしれません」

八千流が屋敷に常駐している護衛に、雅の捜索を指示しようとした時だった。廊下から使用人たちの悲鳴が聞こえてくる。

「霞さんはここで待っていてください」

そう告げて、蓮が八千流とともに居間から出ていく。

「キャアアアアッ！」

その約一分後。八千流の絶叫が聞こえてきた。

「八千流様っ⁉」

いてもたってもいられず、霞も廊下へ飛び出す。

そして玄関に行くと。

「落ち着け、鬼婆。騒々しいぞ！」

「雅っ⁉」

「うむ。今帰ったぞ、姉上！」

行方不明となっていた妹が、霞に手を上げる。頭や肩の上に、黒い甲虫を乗せて。

「雅さん、早くその虫を捨ててきなさい！　早くっ‼」

「何じゃ。ネズミだけでなく、虫も苦手なのか？」

「お黙り！　屋敷の中に虫を入れるなんて何を考えているの⁉」

「私に言うな！　こやつらが勝手についてきたんじゃ！」

二人の怒号が玄関に響き渡る。すると雅の体に止まっていた虫たちが、一斉に霞のほうへ移っていく。その様子を眺めていた蓮が、あることに気づく。

「この虫たち……お尻の部分が光っていますね。蛍でしょうか」

「えっ。蛍ってこんな都会にいるのですか？」

「少なくとも、この近辺に生息しているというのは、聞いたことがありません。雅さん、どこまで行っていたのですか？」

「コンビニじゃ」

雅がコンビニのビニール袋を見せつける。

コンビニに蛍が……？　霞たちの頭上にクエスチョンマークが浮かぶ中、騒ぎを聞きつけた蔵之介が玄関にやってきた。

「彼らはおそらく、『幻燈蛍（げんとうほたる）』ではないかな」

「幻燈……蛍ですか？」

聞き慣れない名前に、霞は不思議そうに聞き返す。

「こう見えても彼らはあやかしでね。ちょっと失礼」

蔵之介が一匹を自分の掌に乗せ、片方の手で覆って陰を作る。

「あ、ほんとだ！　青く光っていますね。……あれ？」

「普通の蛍は、黄色や黄緑色の光を発する。だが幻燈蛍は、このように青く発光するのだよ。雅さん、どこで彼らを見つけたんだい？」

「見つけたというか……帰り道を歩いていたら、勝手についてきたんじゃ。いくら撒こうとしても、離れなくてのぅ……他の奴らは、庭のほうに向かって行ったぞ」

「他の……奴ら……⁉」

雅の何気ない一言が、八千流を戦慄させる。

「ですが、なぜ雅さんについてきたのでしょうか？」

蓮が疑問を呈する。

「幻燈蛍はかつて、神城家で飼育されていたんだよ。雅さんに残っていた霞さんの気配に惹かれて、ついてきたのかもしれないな」

「そういうことらしいのぅ。鬼婆、姉上を責めるでないぞ」

「言われなくてもわかっています！」

雅に釘を刺され、八千流は声を荒らげた。

夕食後。霞は鬼灯邸の庭に出ていた。

「わぁ……っ！」

露草色の光が薄暗い夜の中を飛び交っている。足元はガーデンライトで照らされており、道なりに進んでいくと、石造りの池に辿り着いた。

幻燈蛍が放つ光が水面をぼんやりと照らし、紅白の錦鯉が悠々と泳いでいる。霞はその場にしゃがんで、幻想的な光景にうっとりと見入っていた。

「霞さんもこちらに来ていたんですね」

隣に腰を下ろした蓮に、霞の心臓がドキリと跳ね上がる。

「僕も蛍を見に来ました。とても綺麗ですね」

「……はい」

霞が隣へ視線を向けると、蓮は子どものように目を輝かせて幻燈蛍を眺めていた。

こうしていると二人で映画を観た時のことを思い出す。けれどあの時と違い、周囲から聞こえてくるのは涼やかな虫の音色だけだった。

「ご存知ですか、霞さん」

蓮がふいに口を開いた。

「蛍は卵や幼虫の頃から発光機能を持ち、それによって外敵から身を守っているんです」

「え、卵の頃からですか？」

「はい。生まれつきルシフェリンという発光物質を持っているそうです」

「そうなんですか……」

霞はコクコクと頷きながら相槌を打った。

しかし、そこから会話が発展しない。両者ともに言葉を発さず、暫しの沈黙が訪れる。

「あの……すみません。急にこんな話をしてしまって。場の雰囲気を盛り上げようと思ったのですが」

「…………」

蛍の豆知識で盛り上がるのは、ちょっと難しいかもしれない。

「もっと気が利いたことが言えるように、努力します」

「そ、そんな、気にしないでください。私は、その……蓮様と一緒にいられるだけで楽しいですから」

「霞さんは優しいですね……」

本当にそう思っているのだが、いまいち伝わっていない。

だけど、そんな察しの悪いところも何だか可愛く思える。

これが『恋は盲目』ということなのだろうか。青い光に囲まれながら自問していると、ふいに手を握られた。

先ほどまで幻燈蛍を眺めていた双眸が、じっと霞を見据えている。

「正直に申し上げると、あなたに抱いている想いが恋なのか、それとも親愛なのか僕にはわからない。自分の感情に名前をつけられずにいます」

「……」

「僕は、このように至らぬ点の多い男です。ですが……あなたを幸せにしたいという気持ちは、誰にも負けるつもりはありません。……雅さんにも」

「蓮様……」

「ですからどうか、これからも僕の傍にいてくれませんか?」

嘘のない言葉を噛み締めるように、霞は静かに瞼を閉じる。

恋なのか、親愛なのかわからない。そのことにほんの少しだけ胸は痛むけれど、今はそれだけで十分。

きっと二人が目指している未来は同じなのだ。曲がりくねった道を走り続けていれば、いつか辿り着くだろう。

霞は瞼を開け、想い人を見つめながら言葉を紡ぐ。

「はい。……ふつつか者ですが、末永くよろしくお願いいたします」

いつか、この想いが成就する時が訪れると信じて、繋いだ手に力を込めた。

小春りん
Lin Koharu

鎌倉お宿のあやかし花嫁 1~2

覚悟しておいて、俺の花嫁殿――

就職予定だった会社が潰れ、職なし家なしになってしまった紗和。人生のどん底にいたところを助けてくれたのは、壮絶な色気を放つあやかしの男。常盤と名乗った彼は言った、「俺の大事な花嫁」と。なんと紗和は、幼い頃に彼と結婚の約束をしていたらしい! 突然のことに戸惑う紗和をよそに、常盤が営むお宿で仮花嫁として過ごしながら、彼に嫁入りするかを考えることになって……? トキメキ全開のあやかしファンタジー!!

2巻 定価:770円(10%税込)/1巻 定価:726円(10%税込)

Illustration:桜花舞

Nekosawa Hutayo
ねこ沢ふたよ
拾ったのが本当に
猫かは疑わしい
道端で拾ったのは、
喋る猫モドキでした。
晩酌大好き
へりくつ
オヤジっぽい
でも……
たまに頼りになる？
アルファポリス
第6回ライト文芸大賞
大賞
受賞作
七年付き合った彼氏に振られた帰り道、黒い塊を拾った薫。シャワーを浴びせ綺麗にしてみると、その黒い塊は人語を喋る猫であった。薫は、自分のことを猫だと言い張るヘンテコ生物をモドキと名付け、一人と一匹の奇妙な共同生活がスタートする。さらにある日、モドキがきっかけで、猫好きな獣医学生の隣人、柏木と交流が始まり――やたらオヤジ臭い猫(?)に助言をもらいつつ、どん底OLが恋愛に仕事に立ち向かう。ちょっぴり笑えて心温まる、もふゆるストーリー。
◉定価：770円（10%税込）　◉ISBN：978-4-434-34173-1
◉Illustration：Meij

著：三石 成　イラスト：くにみつ

異能捜査員 霧生椋

Sei Mitsuishi presents [Ino Sousain Ryo Kiryu]

1〜2

事件を『視る』青年と彼の同居人が解き明かす悲しき真実——

一家殺人事件の唯一の生き残りである霧生椋は、事件以降、「人が死んだ場所に訪れると、その死んだ人間の最期の記憶を幻覚として見てしまう」能力に悩まされながらも、友人の上林広斗との生活を享受していた。しかしある日、二人以外で唯一その能力を知る刑事がとある殺人事件への協力を依頼してくる。数年ぶりの外泊に制御できない能力、慣れない状況で苦悩しながら、椋が『視た』真実とは……

1巻　定価：本体 660円＋税　ISBN 978-4-434-32630-1
2巻　定価：本体 700円＋税　ISBN 978-4-434-34174-8

迦国あやかし後宮譚

かのくにあやかしこうきゅうたん

1～4

著 シアノ

皇帝が選んだのはあやかし憑きの少女!?

アルファポリス
第13回
恋愛小説大賞
編集部賞
受賞作

妾腹の生まれのため義母から疎まれ、厳しい生活を強いられている莉珠（りじゅ）。なんとかこの状況から抜け出したいと考えた彼女は、後宮の宮女になるべく家を出ることに。ところがなんと宮女を飛び越して、皇帝の妃に選ばれてしまった！　そのうえ後宮には妖（あやかし）たちが驚くほどたくさんいて……

●1～3巻定価：726円（10%税込み）
4巻定価：770円（10%税込み）

●Illustration：ボーダー

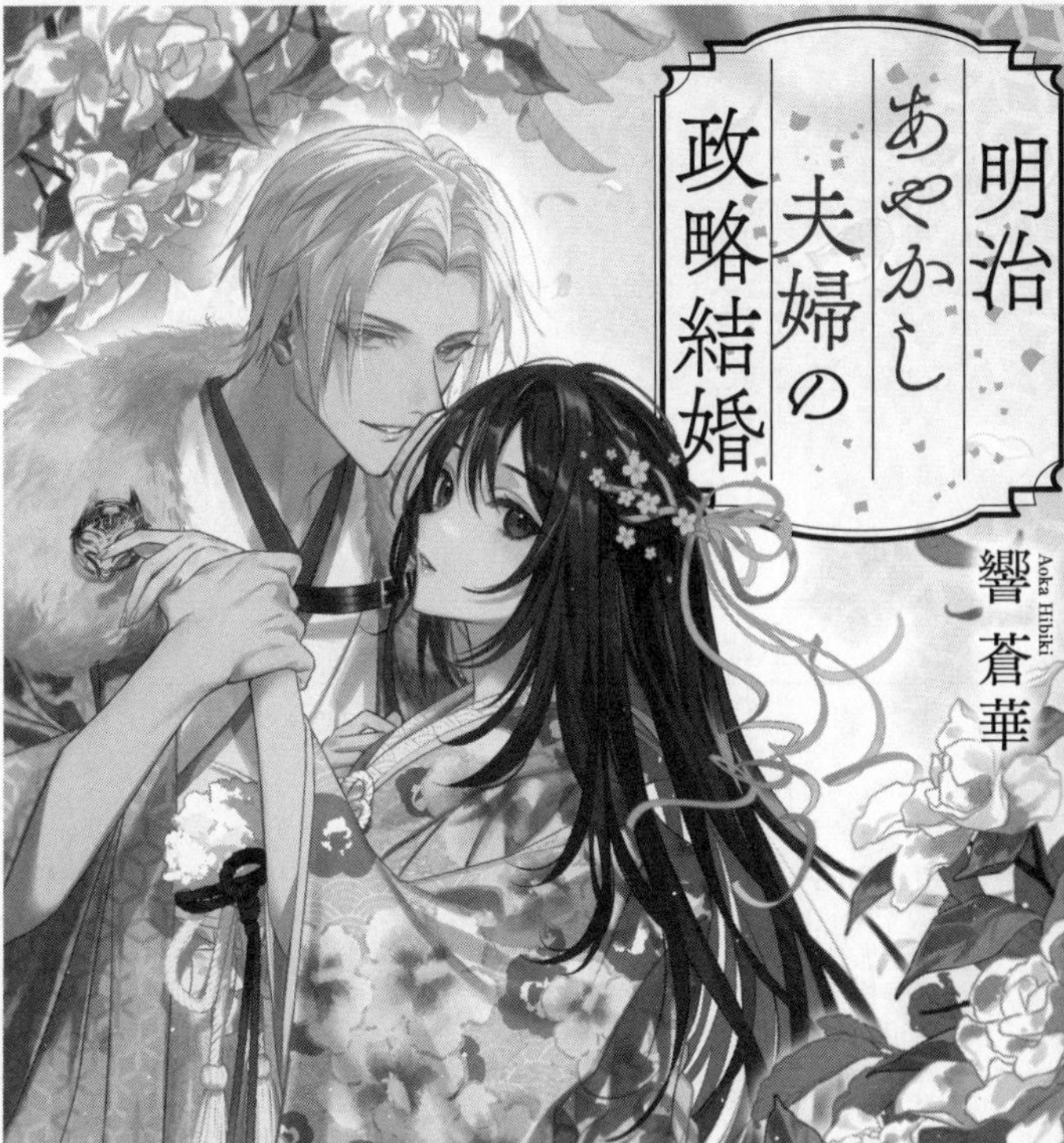

世界一幸せな偽りの結婚

理想の令嬢と呼ばれる眞宮(まみや)子爵令嬢、奏子(かなこ)には秘密があった。それは、巷で大流行中の恋愛小説の作者『槿花(きんか)』だということ。世間にバレてしまえば騒動どころではない、と綴る情熱を必死に抑えて、皆が望む令嬢を演じていた。ある日、夜会にて憧れる謎の美男美女の正体が、千年を生きる天狐の姉弟だと知った彼女は、とある理由から弟の朔(さく)と契約結婚をすることに。仮初(かりそめ)の夫婦として過ごすうちに、奏子はどこか懐かしい朔の優しさに想いが膨らんでいき——!?　あやかしとの契約婚からはじまる、溺愛シンデレラストーリー。

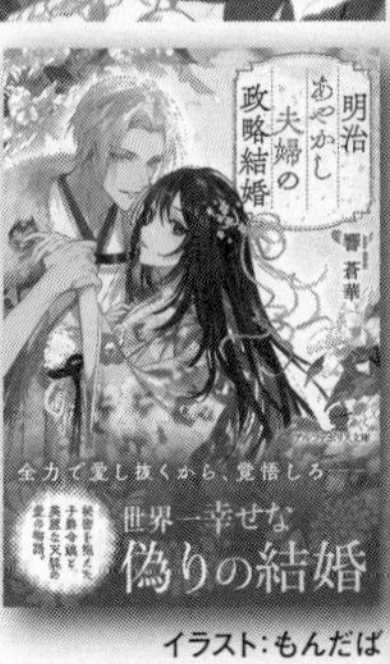

定価：本体770円（10%税込み）　ISBN978-4-434-33895-3

イラスト：もんだば

この作品に対する皆様のご意見・ご感想をお待ちしております。

おハガキ・お手紙は以下の宛先にお送りください。

【宛先】

〒150-6019 東京都渋谷区恵比寿4-20-3 恵比寿ｶﾞｰﾃﾞﾝﾌﾟﾚｲｽﾀﾜｰ19F
（株）アルファポリス　書籍感想係

メールフォームでのご意見・ご感想は右のＱＲコードから、
あるいは以下のワードで検索をかけてください。

ご感想はこちらから

アルファポリス文庫

生贄の花嫁～鬼の総領様と身代わり婚～

硝子町玻璃（がらすまち はり）

2024年7月25日初版発行

編　集－境田 陽・森 順子
編集長－倉持真理
発行者－梶本雄介
発行所－株式会社アルファポリス
〒150-6019 東京都渋谷区恵比寿4-20-3 恵比寿ｶﾞｰﾃﾞﾝﾌﾟﾚｲｽﾀﾜｰ19F
TEL 03-6277-1601（営業）　03-6277-1602（編集）
URL https://www.alphapolis.co.jp/
発売元－株式会社星雲社（共同出版社・流通責任出版社）
〒112-0005 東京都文京区水道1-3-30
TEL 03-3868-3275
装丁イラスト－白谷ゆう
装丁デザイン－西村弘美
印刷－中央精版印刷株式会社

価格はカバーに表示されてあります。

落丁乱丁の場合はアルファポリスまでご連絡ください。

送料は小社負担でお取り替えします。


ISBN978-4-434-34172-4 C0193